KB151060

셜록 홈즈와
헨차우 사건

Sherlock Holmes & The Hentzau Affair
Copyright © David Stuart Davies 1991

No part of this book may be used or reproduced in any manner
whatever without written permission except in the case of brief quotations
embodied in critical articles or reviews.

Korean Translation Copyright © 2015 by Kugil Publishing Co. Ltd.
Korean edition is published by arrangement with Sparkling Books Limited
through BC Agency, Seoul.

이 책의 한국어판 저작권은 BC 에이전시를 통한
저작권자와의 독점계약으로 국일미디어에 있습니다.
저작권법에 의해 한국 내에서 보호를 받는 저작물이므로
무단전재와 복제를 금합니다.

셜록 홈즈
미공개 사건 파일
#01

셜록 홈즈와
헨차우 사건

데이비드 스튜어트 데이비스 지음 | 하현길 옮김

책에
이름

논평과 조언으로 이 책을 집필하는 데 큰 도움을 준,

친구이자 동료 셜로키언, 로저 존슨에게 바친다.

내가 알고 지낸 사람 중 가장 뛰어나고 현명한 친구인 설록 홈즈와 함께하는 특권을 누렸던 이번 모험과 관련된 사건은 1895년에 발생했다. 개인적인 용도로 사용하는 노트에 그 사건을 기록했던 당시에는, 세상 사람들이 사건의 전모를 듣기까지 오랜 시간을 기다려야 할 것임을 이미 알고 있었다.

아무리 그렇다고 해도 우리가 사는 세상이 이처럼 극적으로 변화될지는 몰랐다. 20세기로 들어서자 유럽의 정치·사회적인 불안은 점차 커져만 갔고, 결국 지금까지의 모든 전쟁을 끝내고도 남을 전쟁을 촉발하는 사라예보에서의 암살로 그 절정을 이루었다. 19세기에 구(舊) 유럽이 이룬 성취는 인류 역사상 그 유래를 찾아볼 수 없었지만, 일부는 지도자들의 실수와 나약함으로 인해, 일부는 성취 자체에 내포된 어렴풋이만 이해하고 있는 파괴적인 힘으로 인해, 이제는 사멸되기 직전의 상황에 놓여 있다. 젊은 이상주의자들에 의해 조성된, 진보는 낡은 것을 파괴하는 것으로만 이뤄진다는 강력하고, 내가 보기에는, 잘못된 개념이 있었다. 이 젊은 이상주의자들은 한 치 앞도 내다볼 수 없는 어두운 상황에서 새롭고 근본적으로 상이한 미래로 기꺼이 뛰어들려고 했다. 심지어 그걸 열망하기까지 했다. 그건 군주국가 시대가 지나갔음을 의미했다. 유럽은 용광로 속으로 내던져지고, 낡은 이데올로기와 왕조는 전쟁의 불길로 파괴되어 다시는 되살아나지 못한다는 걸 의미했다. 이런 무시무시한 불길 속에서 사라진 것 중에 이번 모험의 주된 배경이 되는 루리타니아 왕국이 있었다.

1918년에 갈등의 연기가 다 사라지자, 나는 이 이야기를 비밀로 묶어두는 요인들이 더는 없다는 걸 알게 됐다. 그러면서도 내

안의 무엇인가가 아직은 이 비망록을 출간할 적절한 때가 아니라고 연신 속삭였다. 따라서 나는 이 이야기를 셜록 홈즈가 다룬 사건 중 아직 출간되지 않은 다른 많은 사건과 함께 수많은 여행으로 찌그러지고 닳아빠진, 주석으로 된 공문서 송달함에 넣어 채링 크로스의 '콕스 앤드 컴퍼니(Cox & Co)'의 금고에 보관했다. 나는 내가 죽고 나서 50년이 지난 후에, 이 특별한 연극무대에 올랐던 모든 배우가 다 세상을 떠나고 한참 후에야 헨차우 사건에 관한 이야기가 세상 사람들의 눈앞에 펼쳐질 수 있다고 선언했다.

의학박사 존 H. 왓슨
1919년 5월 6일, 런던

| CONTENTS |

1장

잽트 대령

　세상에 널리 알려진 명탐정인 나의 친구 셜록 홈즈의 수많은 사건 중에서 가장 극적으로 시작됐던 것들이 훨씬 더 극적인 결론으로 이어지는 경우가 많았다는 걸 종종 회상하곤 한다. 내가 이제 이야기하려는 사건이야말로 그런 생각을 더욱 확고하게 해주는 것으로, 위기에 처한 유럽에 평화를 가져다주고 그 와중에 우리의 목숨을 대가로 지불할 뻔했다.

　하이드파크로 일찌감치 저녁 산책을 나갔던 1895년의 그 날, 홈즈와 나는 우리에게 곧 닥칠 모험에 대해서 전혀 모르고 있었다. 그날은 내 친구가 능력을 발휘할 기회를 얻지 못했던 터라, 홈즈가 피워대는 섀그 담배의 시커먼 연기로 거실의 공기는 점점 더 탁해졌다. 나는 더는 참을 수 없어 바람을 쐬러 가자고 홈즈를 설득했다. 그는 마지못해 동의했다.

조용한 시골보다는 거대도시에 사는 주민들에 의해 계절의 변화가 더 손쉽게 관찰되고, 훨씬 더 극적으로 변화된다는 건 일종의 아이러니였다. 런던의 아름다운 공원들과 가로수를 양옆에 거느리고 도시를 관통하며 뻗어 있는 도로들은 계절을 상징처럼 입고 있다. 겨울에는 새카만 검정과 회색으로, 봄에는 생생한 녹색과 꽃봉오리가 터질 듯한 핑크로, 여름에는 무성하고 짙은 색감으로, 그리고 가을에는 다양한 호박색으로 옷을 갈아입었다. 일 년 중 어느 때라도 런던을 산책하다 보면 자연의 변화무쌍한 얼굴과 직접 마주치게 된다.

그해의 여름은 정말 눈부시게 아름다웠다. 하지만 9월로 접어든 지 2, 3주일밖에 되지 않았는데 나무들은 벌써 구릿빛의 색조를 띠며 반짝거리기 시작했다. 탁한 회색 빛깔의 강을 따라 걷는데 여름철에 그렇게나 인기가 있었던, 노로 젓는 말쑥한 작은 배가 한 척도 보이지 않았다. 따사롭고 밝은 계절이 지고 있다는 걸 보여주는 또 다른 확실한 징표였다. 집을 향해 걸어오면서, 메마른 나뭇잎을 긁어대는 바람이 날이 어두워짐에 따라 좀 더 강해지자 추위가 성큼 다가오고 있다는 게 피부로 느껴졌다.

"왓슨, 인간이 이런저런 힘을 행사하고 있지만, 시간과 계절의 변화에 대해서는 무력하기 짝이 없다네. 그것들은 쉬질 않는 법이니까. 우리 인간들은 어쩌면 셰익스피어가 말한 대로 '동물들의 귀감'일지는 모르지만, 그래도 여전히 시간의 노예라네."

내 친구는 우울한 분위기를 내뿜으며 한마디 했다.

홈즈는 온종일 아무 말 없이 축 처져 있었는데, 스러져 가는 계절이 그의 권태증을 더욱 키우는 것 같았다. 홈즈의 가까운 동료인 나는 이처럼 우울해 하는 그의 모습이 전혀 낯설지 않았다. 홈즈의 두뇌는 외부의 자극에 민감하게 반응하는 고도로 정교한 기구였다. 또한, 내 노력으로는 어둠 속에 침체되는 홈즈를 구해 낼 수도 없었다. 이건 모두 홈즈의 뛰어난 능력을 쏟아 붓고 도전할 사건이 지금 당장 없었기 때문이었다.

우리가 옥스퍼드 가를 돌아 베이커 가로 돌아올 때쯤, 가로등의 불빛이 하나둘 밝혀지기 시작했다. 자갈 위를 덜커덩거리며 움직이는 마차들조차도 손님을 끌어들이기 위해 자그마한 호박빛 전등을 밝히고 있었다.

홈즈와 나는 따로 약속을 한 건 아니지만, 똑같이 아무 말 없이 점점 짙어져 가는 어둠을 뚫고 내가 아는 어떤 사람의 얼굴이 내 쪽을 향해 다가오는 모습이 보일 때까지 각자의 생각에 잠겨 있었다. 그건 홈즈가 신중하게 조사해야 할 일이 있어 이곳을 잠시 비웠을 때 알게 된 수위 피터슨의 친구로 내가 폐렴 증상을 치료해줬던 사람의 얼굴이었다. 콥이라는 이름의 이 사내는 이마가 넓고, 섬세하게 다듬어놓은 것 같은 매부리코의 콧등에는 코안경이 균형을 잡고 올라앉아 있었다. 콥의 옷차림은 초라한 성직자나 학자인 듯한 분위기를 풍겼다. 하지만 나는 이 사람이 짐꾼들이 즐겨 찾는 코벤트 가든의 술집, 로즈 앤드 크라운의 지하 저장실 담당자라는 걸 알고 있었다.

콥은 우리와의 거리가 가까워지자 나를 알아보고는 반가워서 환호성을 지르며 내 손을 꾹 잡고 힘차게 흔들었다.

"이거, 닥터 왓슨 아니십니까?"

나는 미소를 지으며 고개를 끄덕였다.

"보시다시피 전 이제 말짱합니다!"

"그 말을 들으니 정말 기쁘네."

우린 그렇게 간단히 인사를 교환하고 헤어졌다. 콥은 자신의 직장으로 걸음을 재촉하는 게 분명했다. 그런데 콥과의 우연한 만남 때문에 머릿속에 계획 한 가지가 떠올랐다.

"자, 홈즈," 나는 아무 말도 하지 않고 서 있던 친구에게로 얼굴을 돌리며 물었다.

"방금 그 친구에 대해서 뭘 말해줄 수 있나?"

내 친구는 눈썹을 쫑긋 치켜세우고 날 쳐다보더니 픽 웃었다. 나는 홈즈가 왜 기분이 좋은지 그 이유를 알고 있었다. 자신의 마음을 우울한 경로에서 벗어나도록 하려는 나의 간단한 술책을 즉시 꿰뚫어봤기 때문이었다.

"그렇다면," 홈즈는 여전히 미소를 지은 채 말했다.

"예전에 자네에게 치료받은 적이 있었다는 사실은 굳이 언급하지 않아도 될 테고…… 그 사람은 웨스트엔드의 어떤 선술집에서, 음, 아마도 로즈 앤드 크라운일 것 같은데, 지하 저장실 담당자로 일하고 있고, 자신의 건강에 별로 관심이 없고, 과거의 언젠가 군에서 복무한 적이 있으며, 도박을 극히 좋아하지만 별로 이겨본 적이 없는 사람일세. 이 정도밖에는 모르겠는걸?"

나는 깜짝 놀라 홈즈를 멍하니 쳐다봤고, 잠시 후에는 서로를 마주 보며 배꼽이 빠지라고 웃어댔다.

"이보게 홈즈," 웃음을 거두며 내가 말했다.

"그 사람이 예전에 내 환자였다는 걸 자네가 어떻게 추리했는지는 알겠지만, 다른 자세한 사항들은…… 자네가 어떻게 알 수 있는지 감을 잡을 수가 없네."

홈즈는 입술을 오므렸다.

"왓슨, 자넨 정말 내가 이 게임을 하며 놀게 하려는 건가?"

"게임이 아니라는 건 분명히 말해두겠네. 자네의 주장에 정말 혼란스러워져서 이러는 걸세."

"아, 그럼 좋네."

홈즈는 좀 짜증이 난다는 듯 한숨을 내쉬었지만, 그의 태도로 미뤄보아 별 대수롭지 않은 이 과제를 재미있다고 여기는 게 분명했다.

"그거야 내가 사물을 정확하게 보기 때문이지. 그 친구는 자네에게 기쁜 마음으로 인사하고 자신의 건강에 대해서 언급했네. 이건 분명히 자네가 그 친구의 어떤 병을 치료해줬다는 얘긴데, 자넨 지금 더 이상 개업하고 있는 게 아니니까 자네의 전문적인 자격을 알고 있는 이 지역주민 누군가의 부탁으로 치료해준 게 틀림없어. 허드슨 부인이나 수위인 피터슨일 가능성이 가장 높지. 그런데 이 사람이 우리의 하숙집 여주인과 알고 지낼 만한 사람으로는 보이지 않으니까 피터슨일 가능성이 급격히 높아지는 걸세. 다음으로, 이 친구는 최근에—어둠이 내리고 있는 거리에서 자네의 얼굴을 바로 알아볼 정도로 최근에—의사의 도움을 받았으면서도 밤의 추위에 대비할 수 있는 옷차림을 갖추지 못했네. 따라서 자신의 건강에 무신경하다고 본 것이지. 그리고 그 친구의 옷차림으로 말하면, 옷에서 맥주 냄새가 강하게 나고 바지의 무릎이 상당히 닳았더군. 이런 사실은 허가를 받은 주류 판매장에서 육체노동을 하고 있다는 걸 의미하지. 지하 저장실 담당자의 일은 자연적으로 다 표시가 난단 말일세. 피터슨의 친구인 이 사람의 직장은 피터슨이 술을 마시러 자주 들르는…… 헨리에타 가의 로즈 앤드 크라운이라고 알고 있네만, 이곳일 가능성이 높지. 왓슨, 자네처럼 말일세, 예전에 군인이었던 친구들은 습관을 쉽게 바꾸지 못하더군. 그 친구 손수건이……."

"소매에 들어가 있는 걸 말하는 건가?"

"바로 그거네."

"그렇다면 도박을 좋아하면서도 별로 따지 못한다는 건?"

"어떤 사내가 주머니에 스포팅라이프(경마 소식을 주로 다뤘던 영국 신문)를 꽂고 있다면 일단 도박을 좋아하는 사람이라고 봐도 되겠지? 그리고 그 사람의 옷차림이 허름하다면, 그것이야말로 도박에서 별로 따지 못했다는 명백한 증거이겠지."

"정말 놀랍네, 홈즈. 정말 기가 막히는군." 나는 친구의 놀라운 분석에 진정으로 감탄하며 탄성을 터뜨렸다.

"자네가 그렇게 생각해주니 기쁘군." 홈즈는 말과는 달리 전혀 열의가 없는 목소리로 대꾸했다.

"자네에겐 신기해 보일지 모르지만, 내게 이 정도는 아주 초보적인 일일 뿐일세, 친애하는 왓슨. 따라서 나의 추리 능력을 실제로 필요로 하는 것도 아니고. 내 두뇌는 진정한 도전을, 두뇌의 능력을 최대한 발휘하도록 만드는 도전을 갈망하고 있네. 이 추론 기계가 공회전하면," 그 말을 하면서 홈즈는 집게손가락으로 자신의 관자놀이를 톡톡 두들겼다.

"내 몸 전체가 고통을 받게 되지. 일상의 진부한 먼지가 쌓이게 되고, 정신이 죽게 되는 걸세. 어쨌거나," 그는 찌푸렸던 표정을 누그러뜨리며 말을 계속했다.

"자네가 날 생각해서 이런 꾀를 내준 것을 고맙게 생각하네."

내가 홈즈의 말에 뭐라고 막 대꾸를 하려는 순간, 2인승 이륜마차 한 대가 번개처럼 우리 곁을 지나가며 내는, 귀가 떨어질 정도로 따그닥거리는 말발굽 소리와 몸집이 딱 벌어진 승객이 마차 밖으로 몸을 내밀며 마부를 재촉하는 고함에 멍해지고 말았다.

"이보게, 우리가 지금 뭘 본 건가?"

마차가 우리의 하숙집 앞에 덜커덩거리며 멈춰 서는 모습을 지켜보며 홈즈가 중얼거렸다. 승객은 마차에서 튀어나와 마부의 손에 동전 몇 개를 쑤셔 넣듯 집어주고, 지팡이로 하숙집 문을 세게 두들겨댔다.

홈즈는 큰 소리로 웃었다.

"의뢰인인 모양인데, 친구? 저 방문객이 따분한 구덩이를 빠져나오게 해주는 사다리가 될 수 있을지도 모르겠군."

홈즈가 말하고 있는데, 방문객은 이게 무슨 일인가 어리둥절하고 있는 허드슨 부인을 밀치고 안으로 들어갔다.

"무슨 일이 됐든 간에 아주 화급한 일인가 보군."

내가 옆에서 거들었다.

"제발 그런 일이길 빌어보세."

홈즈는 신이 나서 손바닥을 마주 비비며 말했다.

우리가 하숙집 문 앞에 도착하자, 블라인드가 이미 걷혀 있는 우리의 거실 창문에 방문객이 흥분한 상태로 방 안을 왔다 갔다 하는 옆모습이 보였다.

홈즈는 미소를 지으며 입은 거의 벌리지 않고 말했다.

"저렇게 침착하지 못한 모습을 보니 매우 심란한 모양일세, 왓슨."

221B로 들어서자, 허드슨 부인이 홀에서 걱정이 가득한 얼굴로 우리를 맞았다.

"신사 한 분이 홈즈 씨, 당신을 만나려고 와 있어요."

부인은 마치 무슨 음모를 꾸미는 듯 목소리를 낮춰 말했다.

"매우 불안해 보이고 당신이 돌아오기를 학수고대하는 것 같아 내가 멋대로 거실로 안내했어요."

"아주 잘하셨습니다, 허드슨 부인."

홈즈는 부인의 말에 맞장구 치며 성큼성큼 계단을 올라갔다.

거실로 들어서자, 여전히 마루 위를 왔다 갔다 하고 있던 방문객이 급작스럽게 우리 쪽으로 돌아섰다. 방문객은 키는 작지만, 몸집이 딱 벌어지고, 총탄 모양으로 생긴 머리가 상당히 컸고, 머리카락은 짧게 깎여 있었다. 뻣뻣한 회색 콧수염이 그의 윗입술을 장식하고 있었다. 그의 자세와 겉모습은 딱 늙은 군인의 그것이었다.

"어느 분이 사립탐정인 셜록 홈즈 씨인가요?"

방문객은 우릴 향해 우렁찬 목소리로 물었다. 그의 영어는 완벽했지만, 외국인임이 분명한 억양이었다.

"제가 셜록 홈즈고, 이 사람은 제 친구이자 동료인 닥터 왓슨입니다."

방문객은 뒤꿈치를 탁 소리가 나도록 붙이고 절도 있게 인사했다.

"저는 루리타니아의 루돌프 5세 국왕 폐하의 군대에 복무하는 잽트 대령입니다."

"아, 그러시군요." 홈즈는 세련되게 인사를 받고 자신의 겉옷을 벗어던졌다.

"우선 앉으시죠, 잽트 대령. 허드슨 부인이 곧 차를 가져올 겁니다."

가스등 불빛을 받아 땀이 번들거리는 창백하고 잔뜩 긴장한 얼굴에서 잽트의 두 눈은 싸늘하게 반짝거렸다. 대령은 짜증을 내며 가죽장갑으로 테이블을 내려쳤다.

"홈즈 씨, 전 당신네 영국식 예절의 세세한 부분까지 즐길 시간적인 여유가 없습니다. 저는 정말 중요한 비밀 임무를 띠고 이곳으로 온 겁니다. 상황들이 아주 좋지 않게 돌아가는 바람에 필사적으로 도움을 구하는 처지에 놓였습니다. 더 이상 꾸물거리고 있을 시간이 없습니다. 제가 맡은 임무는 그 성격상 관계기관에 도움을 청하지 못합니다. 따라서 마지막 수단으로 명성이 자자한 선생을 찾아온 겁니다."

홈즈는 잽트를 날카롭게 쏘아봤다.

"전 어떠한 이유에서든 공식적인 경찰이 다룰 수 없는 문제들을 해결하는 것으로 벌어먹고 살고 있습니다."

홈즈는 버들가지로 만든 의자 위에 쌓인 신문 더미를 바닥으로 쓸어버리며 말했다.

"영국식 예절에 대한 건데요, 대령, 이번 경우에는 그것이 아주 실용적이라는 걸 말씀드려야겠네요. 대령께서 안고 있는 문제의 원인을 자세하고 정확하게 설명하시려면 일단 긴장을 풀고 생기를 되찾아야 하니까요. 제가 당신을 돕게 된다면, 이건 꼭 필요한 일입니다. 그러니 불 옆에 놓인 이 의자에 일단 앉으시죠. 성급하고 조리가 없는 설명은 제게 상담하고자 하는 문제의 빠른 해결을 방해할 뿐입니다. 우왕좌왕하게 만드니까요."

잽트는 조바심을 내며 끙끙 앓는 소리를 뱉으며 두어 걸음 앞으로 걸어 나왔다. 그러다가 눈동자가 핑 돌아가고 두 팔을 허우적거리며 바닥에 깔린 곰 가죽 깔개 위로 쾅 소리와 함께 정신을 잃고 쓰러져 우리를 깜짝 놀라게 하였다.

2장

왕가의 대역(代役)

홈즈와 나는 눈앞에 쓰러져 꼼짝도 하지 못하는 사람을 보고 깜짝 놀라 아무 말도 하지 못하고 멍하니 내려다보기만 했다. 그러다가 홈즈가 그 사람의 머리에 받쳐줄 쿠션과 입에 흘려 넣어줄 브랜디를 가지러 황급히 움직이는 동안, 나는 무릎을 꿇고 옷깃을 느슨하게 해준 다음, 생명의 흐름이 불규칙적으로 뛰고 있는 맥박을 쟀다.

"어떤가, 왓슨?"

"그냥 정신을 잃은 것뿐일세. 감정이 격해져서 이렇게 된 것 같네."

"전 아무 문제도 없습니다."

방문객은 걱정 탓에 잔주름이 깔린 강인하고 창백한 얼굴을 꿈틀거리며 무거운 눈꺼풀을 간신히 치켜뜨며 말했다. 홈즈가 얼른 브랜디를 그 사람 입술에 갖다 대자 벌컥벌컥 들이마셨다.

"순간적으로 힘이 빠져서 이런 것이니 걱정하지 않으셔도 됩니다."

잽트는 몸을 일으켜 세워 앉으며 말했다.

"조금만 있으면 원래의 상태를 회복할 수 있습니다. 그건 그렇고, 브랜디를 한 잔만 더 마실 수 있으면 좋겠는데요. 불끈불끈 기운이 솟게 해주는 것 같아서요."

엄격해 보이기만 했던 안색이 부드러워지고, 희미한 미소가 방문객의 입술 주위에 자리 잡았다.

15분 후, 잽트 대령은 외관상으로는 원래의 모습을 회복하고, 우리와 함께 난로 옆에 놓인 의자에 앉아 커피를 마셨다.

홈즈는 쥐색 가운을 걸치고 오랫동안 애용해온 검은색 도자기 파이프로 담배를 피우면서 대령의 맞은편에 앉아 있었다.

"자, 대령님, 이제 이야기를 들려주셨으면 합니다. 최대한 자세히 말씀해주시면 고맙겠습니다."

잽트는 커피잔을 내려놓고 상체를 앞으로 쑥 내밀더니 마음을 정리라도 하는 듯 잠시 머뭇거리다가 말하기 시작했다.

"먼저, 제가 지금부터 말씀드리려는 것과 관련하여 두 분 다 명예를 아는 신사 분들이므로 비밀을 꼭 지켜달라고 당부드리겠습니다."

"그 문제에 관해선 걱정하실 필요가 없습니다."

홈즈가 잽트를 안심시켰다.

"왓슨과 제가 왕가의 비밀을 공유하게 된 것도 처음은 아니니까요. 저희의 입이 무겁다는 건 다들 알고 있는 사실입니다."

"감사합니다." 잽트는 인정한다는 듯 고개를 끄덕였다.

"이 문제가 워낙 심각하고 미묘한지라 세상에 알려지면 엘프베르크 가(家)에 불명예와 몰락을 가져올 것이라서요. 자, 두 분께서 이게 필사적인 문제라는 걸 정확히 아시도록 하기 위해 먼저 3년 전쯤에 일어났던 사건들에 대해서 말씀드리겠습니다."

"3년 전이라고요!"

나는 놀라움을 감추지 못하고 감탄을 터뜨렸다.

홈즈는 조바심을 내며 한숨을 내쉬었다.

"잽트 대령, 그게 꼭 필요하다고 생각하시면 부디 간단히 줄여서 핵심만 말씀해주시죠."

잽트는 화가 나는지 잠시 눈을 파르르 떨고 내레이션을 시작했다.

"루리타니아 왕국의 수도인 스트렐사우에서 루돌프 5세 국왕 폐하의 대관식이 있기 전날, 폐하와 저, 그리고 왕가의 신임을 받는 또 다른 일원인 프리츠 폰 탈렌하임은 수도에서 약 80킬로미터 떨어진 '젠다'라는 마을의 숲에서 사냥하고 있었습니다. 폐하께서는 이날 휴식 삼아 사냥을 하신 다음, 다음 날 대관식을 치르기 위해 스트렐사우로 출발하실 때까지 숲 가장자리에 있는 왕가의 사냥 오두막에서 밤을 지내실 예정이었습니다. 숲에서 사냥하는 동안, 이 지역에서 휴가를 보내던 영국인 루돌프 라센딜과 우연히 마주쳤습니다. 우린 그가 폐하와 매우 닮아 깜짝 놀라고 말했습니다. 사실, 우린 나중에야 선왕(先王)이신 루돌프 2세께서 젊은 왕자였던 시절에 영국의 왕궁을 방문하신 적이 있고, 그곳에서 벌레스던 백작 5세의 부인인 유부녀를 만나 구애하여 남긴 남자 사생아의 후손이 라센딜 가(家)라는 사실을 알게 됐습니다. 왕자께선 백작과 결투를 벌인 후 우울한 마음을 안고 영국을 떠나셨습니다. 두 달 후, 부인은 아들을 낳았고요."

"제발, 그런 가족사 같은 건 생략하면 안 되겠습니까?"

홈즈가 진력이 나는지 한숨을 내쉬었다.

잽트는 홈즈의 방해 같은 건 아랑곳하지 않고 꿋꿋하게 이야기를 계속했다.

"외관상으로는 엘프베르크 가의 거의 모든 특징—반듯하고 기다란 코, 암적색의 숱이 많은 머리카락—이 라센딜의 얼굴에 그대로 나타나 있었습니다. 라센딜은 벌레스던 가문의 성(姓)이었고요. 숲 속에서 가문의 유전적 특징을 그대로 간직하고 있는 라센딜 가의 막내아들과의 우연한 만남은 운명적으로 축복이었던 것으로 밝혀지게 됩니다. 폐하께서는 소위 말하는 '쌍둥이'를 만나게 된 걸 매우 재미있다고 여기서서 그날 저녁에 오두막에서 라센딜 청년과 식사하겠다고 주장하셨습니다. 대관식을 관람할 목적으로 루리타니아를 방문했던 영국인은 즉시 그 제안에 동의했습니다. 그날 밤은 끔찍했습니다. 프리츠와 제가 다음 날 있을 대관식에 맑은 정신으로 참석하셔야 한다면서 술을 적당히 드시라고 애원하다시피 했는데도 폐하께선 전혀 귀를 기울이시지 않았습니다. 주량이고 뭐고를 무시하고 술을 거의 퍼붓는 수준이었으니까요. 홈즈 씨, 사실은 말입니다, 폐하께선 드높은 지위에 필요한 절제력과 의무감, 이 양자가 모두 결여된 심약한 분입니다."

자신이 모시는 군주의 약점을 털어놓는다는 게 잽트에게는 극히 어려운 일로 보였다. 이 사람을 극히 짧은 시간 동안 알았지만, 거짓말을 할 사람은 아니라고 믿었다.

"자정이 가까워져 올 무렵, 우리의 시중을 들던 하인 조세프가 폐하의 동생이신 스트렐사우 공작, 블랙 미하엘 님께서 보내신 선물이라며 고리버들 바구니에 담긴 오래된 술병 하나를 폐하의 면전에 내놓았습니다."

잽트는 슬픈 표정으로 머리를 살래살래 흔들었다.

"전 지금까지도 폐하의 그때 반응을 기억하고 있습니다. '코르크를 따라, 조세프.' 폐하께서 고함을 지르셨죠. '녀석의 목을 매달아라. 내가 이따위 술병을 보고 움찔하리라고 생각했나 보지?'"

"미하엘은 왕위를 두고 다툰 경쟁자였습니까?"

홈즈는 눈을 감고 의자에 등을 기대며 물었다.

"사실, 그랬습니다. 미하엘은 형님에게 악감정만을 가지고 있는, 시기심 많고 사악한 인간이었습니다. 그건 그렇고, 프리츠와 제가 극구 만류하는데도 불구하고 폐하께선 그 술을 마셔야겠다고 고집을 부리셨습니다. 깊어가는 밤이 가져다주는 엄숙함과 다음 날 있을 대관식을 기대하는 들뜬 마음 때문인지 폐하께선 우릴 둘러보며 이렇게 말씀하셨습니다. '짐의 친구인 신사들과 짐의 사촌인 라센딜이여, 루리타니아 왕국의 절반을 차지하고 있는 곳의 모든 것들은 귀관들의 것이라고 주장할 수 있다. 하지만 이 술은 내가 교활한 악당인 내 동생 블랙 미하엘을 위해 마실 작정이니 단 한 방울도 달라고 하지 말지어다.' 그러고는 술병을 움켜쥐고 완전히 비워버리셨습니다."

잽트는 작은 시가에 불을 붙이는 동안 잠시 말을 멈췄다.

"우린 그날 밤, 완전히 잠에 곯아떨어졌습니다만, 폐하께서는 그 정도가 극심하셨습니다. 아침이 됐는데도 깨어나시지 않았습니다. 깊은 혼수상태에 빠지셨던 겁니다."

"아하!"

홈즈는 감았던 눈을 번쩍 뜨며 탄성을 터뜨렸다.

"그 와인에 약을 탔던 거로군요."

"말씀대롭니다. 폐하께서 왕관을 쓰시지 못하도록 꾸민 블랙 미하엘의 계략이었던 겁니다. 전 폐하께서 그날 왕좌에 오르시지 못하면, 앞으로는 절대로 그럴 기회가 오지 않으리라는 걸 알고 있었습니다. 모든 국민이 수도의 모든 거리를 메우며 운집해 있고, 블랙 미하엘을 필두로 군인들 절반이 정렬해 있는 모습을 상상해보십시오. 폐하께서 몸이 불편하시다고 전갈을 보낼 상황이 아닌 것만은 확실했습니다. 모든 국민은 폐하의 '신병(身病)'을 너무나도 잘 알고 있었거든요. 폐하께서 너무 자주 아프셔서요."

"대령께서는 블랙 미하엘이 대관식에서 폐하의 자리를 꿰차려는 계획을 세웠다고 보신 겁니까?" 내가 물었다.

"분명히 그렇게 확신하고 있었습니다, 닥터. 그 사람은 그걸 염두에 두고 국민의 인기를 얻기 위해 무진 애를 써왔습니다. 전국이 대관식의 열기에 휩싸여 잔치 분위기였습니다. 군주는 그날 무슨 일이 있어도 왕관을 써야 했습니다. 그리고 대관식장에는 상냥한 미소를 짓다가 정해진 시간이 되어도 형님이 나타나지 않는 것에 슬픈 표정으로 머리를 흔드는 미하엘이 있는 겁니다. 대신들은 분명히 그 사람에게 왕관을 받아달라는 부탁을 했을 겁니다…… 젠장!"

잽트는 자신이 앉은 의자의 팔걸이를 주먹으로 내려쳤다.

"지금도 그 불한당이 왕관을 쓸 뻔했던 그때 일만 생각하면 피가 끓어오를 것 같습니다."

"그걸 어떻게 막았습니까? 국왕께서 제시간에 정신을 차리신 겁니까?" 내가 물었다.

잽트는 고개를 가로저었다.

"아니요, 폐하께서는 정신을 차리시지 못했습니다."

"당신네들이 라센딜을 국왕으로 가장시켰겠군요."

홈즈가 조용히 말했다.

잽트는 펄쩍 뛸 듯이 놀랐다.

"도대체 그걸 어떻게……?"

홈즈는 슬쩍 미소를 지었다.

"그것만이 그 곤경을 헤쳐 나올 수 있는 유일한 해결책이죠. 곧 왕관을 써야 할 국왕이 약물에 취해 자신의 의무를 수행할 방법이 전혀 없는데, 다른 한편으로는 국왕을 빼다 박은 듯한 영국인이 있었으니까요. 당신네들은 라센딜에게 국왕 역할을 해달라고 사정할 수밖에 없었을 겁니다."

"그건 정말 위험하기 짝이 없는 일이었지만, 선생께서 말씀하신 대로 선택의 여지가 없었습니다. 프리츠와 제가 설득을 계속한 끝에 라센딜은 마지못해 그렇게 하겠다고 동의했습니다."

"그렇다면…… 엄밀히 말하면," 홈즈가 자신의 의견을 말했다. "루돌프 폐하께서는 왕위에 오르신 적이 없는 거로군요."

잽트의 얼굴이 잔뜩 찌푸려졌다.

"저도 그 점이 좀 걱정스럽습니다, 홈즈 씨."

그는 우울한 어조로 홈즈의 지적을 인정했다.

"우리에게 허용된 극히 짧은 시간 내에 대관식이 진행되는 동안 취해야 할 행동뿐만 아니라 루리타니아 왕실의 예절과 지나온 역사, 왕실 사람들의 취향, 폐하의 특성 등등에 대해서 라센딜에게 가르치는 그 일을 어떻게 해냈는지에 대해서는 일일이 자세하게 설명드리지 않겠습니다. 어쨌든 라센딜이 폐하의 대역을 훌륭하게 해내서 모든 사람을 기만하기에 충분했다는 것만 말씀드립니다."

"블랙 미하엘을 뺀 모든 사람이겠죠."

"맞습니다. 미하엘과 그의 공범인 '헨차우의 루퍼트'는 제외해야겠군요."

잽트는 이 대목에서 잠시 껄껄거리고 웃었다.

"미하엘은 대성당에서 라센딜과 마주쳤을 때 화가 치밀어 거의 폭발할 뻔했었죠. 하지만 자신이 대역죄를 저질렀다는 걸 폭로하지 않고서는 어떠한 말이나 행동도 할 수 없었습니다. 미하엘은 자신의 형으로 가장한 녀석이 루리타니아 왕국의 국왕으로 즉위할 때 말뚝처럼 곁에 서 있어야 했습니다. 하지만 대역 배우가 그날 치러야 할 가장 큰 시험대는 폐하의 약혼녀이신 플라비아 공주님과의 만남이었습니다. 공주님을 완전히 속일 수는 없었습니다. 그분은 라센딜의 겉모습이 아니라 행동에서 미묘한 차이가 있다는 걸 알아차리셨지만, 그것을 루돌프 폐하께서 마침내 국왕답게 처신하기로 한 것으로 보시고, 차이가 나는 것이 아니라 개선된 것으로 받아들이셨습니다. 사실, 라센딜은 한 나라의 국왕답게 행동했습니다. 뼛속까지 엘프베르크 가의 사람이었던 겁니다."

"라센딜이 대역을 함으로써 뭔가 골칫거리도 발생했을 것 같은데요?"

홈즈가 한마디 했다.

"대관식 행사가 끝난 다음, 라센딜과 전 어둠을 틈타 사냥 오두막으로 되돌아갔습니다. 영국인이 국경을 향해 가는 동안, 폐하와 전 스트렐사우로 돌아간다는 계획이었죠. 그런데 오두막에 도착해보니 폐하를 돌보기 위해 남아 있었던 조세프가 피살됐더군요. 목에서 진홍색 피를 쏟아낸 채로요. 폐하의 모습은 보이지 않았습니다!"

홈즈는 약간 놀란 듯 눈썹을 쫑긋 치켜세웠다.

"블랙 미하엘의 짓이로군요."

"맞습니다. 빌어먹을 그놈 짓이었습니다. 헨차우의 루퍼트가 이끄는 일단의 사내들이 폐하를 납치해서 미하엘의 근거지인 젠다 성으로 끌고 간 겁니다. 물론 녀석은 우리가 루리타니아 왕국의 대관식에 대역을 내세웠다는 걸 공개적으로 시인하지 않고서는 경보를 울리지 못하리라는 걸 알고 있었던 거죠."

"따라서 라센딜이 국왕 역할을 계속할 수밖에 없었겠군요."

"달리 어떻게 할 방법이 없었으니까요. 그 뒤에 일어난 일들을 일일이 늘어놓아 선생을 지겹게 해드릴 생각은 없습니다. 라센딜이 용감한 친구라서 조금도 흔들리지 않고 자신의 임무를 다 해냈다는 것을 말씀드리는 거로 충분하다고 봅니다. 그 친구가 정당한 왕위 계승자였다면 얼마나 좋았을까요! 루돌프 폐하보다 훨씬 더 국왕 역할을 잘해냈으니 말해 무엇하겠습니까! 그런데 그 당시의 이런 나태한 생각이 큰 재앙을 불러들일 줄은 꿈에도……."

잽트는 말끝을 흐리더니 난로 안에서 춤추듯 흔들리는 불꽃을 멍하니 바라보며 잠시 생각에 잠겼다. 그러다가 회색 머리를 두어 번 흔들더니 설명을 이어갔다.

"라센딜이 국왕 대역을 계속하는 데서 발생한 전혀 예측하지 못한 결과 중의 하나는, 플라비아 공주님과 사랑에 빠졌다는 것입니다. 라센딜을 여전히 루돌프라고, 더 나은 방향으로 변화된 루돌프라고 여전히 믿고 있는 공주님은, 자신의 약혼자에게서 바라던 모든 것들을 라센딜에게서 발견하게 된 겁니다. 라센딜의 따뜻한 마음 씀씀이와 고귀함이 공주님의 마음을 사로잡았고, 공주님의 눈부신 아름다움과 타고난 우아함은 라센딜의 마음속에 세워져 있었을지도 모르는 방벽을 허물어뜨렸습니다. 진정한 사랑의 꽃이 자연스럽게 피게 된 거죠. 두 사람은 행복하고 훌륭한 한 쌍이 됐습니다."

"잘됐군요."

홈즈의 목소리에는 희미하게 조롱하는 듯한 기색이 어려 있었다. 냉정한 이성을 높게 보는 반면, 취약한 감정을 아주 싫어하는 홈즈로서는 잽트가 말하는 사랑 타령이 자신과는 전혀 관계없는 짜증 나는 일일 뿐이라고 여기고 있을 게 분명했다.

"대령, 이젠 말씀해주시죠."

홈즈는 반쯤 감긴 듯한 눈을 반짝거리며 단도직입적으로 물었다.

"국왕이 납치된 골치 아픈 문제가 어떻게 해결됐는지를요. 틀림없이 해결됐겠죠? 내 기억으로는, 요 몇 년 동안 루리타니아 왕실에서 어떤 스캔들이나 극심한 변동이 있었다는 말이 나돈 적이 없었으니까요."

"말씀대롭니다, 홈즈 씨. 루돌프 폐하께서는 결국 구출되셨습니다. 군인들을 선발해서 한밤중에 젠다 성으로 득달같이 쳐들어갔던 겁니다. 그때의 유혈사태를 생각하기만 해도 몸이 다 떨릴 지경입니다! 하지만 정말 다행스럽게도 폐하께선 털끝만 한 상처도 입지 않으셨습니다. 그런데 몇 가지 문제를 놓고 헨차우의 루퍼트와 크게 싸웠던 블랙 미하엘은 루퍼트, 그 악당 놈에게 살해됐고, 루퍼트는 온몸에 상처를 입고도 악마의 도움을 받았던지 언덕으로 줄행랑을 칠 수 있었습니다. 라센딜은 마지막으로 플라비아 공주님을 만나 사실대로 다 털어놓았죠. 이렇게 해서 비밀을 공유하게 된 두 사람은 서로에게 더 큰 관심을 가지게 됐지만, 사그라지지 않는 사랑의 불길을 틀어막아야 했습니다. 어쨌거나, 지켜야 할 의무는 많은 사람의 삶을 좌지우지하게 됩니다. 라센딜의 의무는 국왕의 대역 역할을 그만두고 최대한 빨리 루리타니아를 떠나는 것이었습니다. 이에 반하여, 플라비아 공주님의 의무는 조국에 충성하며 정당한 왕위 계승자의 곁에 자리를 잡는 것이었고요. 그리고 일은 그렇게 진행됐습니다. 라센딜은 조국인 영국으로 돌아갔고, 무서운 시련에서 회복한 국왕 폐하께서는 한 달이 채 지나기도 전에 플라비아 공주님과 결혼하셨습니다……"

"그리고 온 세상은 평안해졌던 거고요." 더 이상 초조함을 참지 못한 홈즈는 의자에서 일어나 방 안을 왔다 갔다 했다.

"지금까지는요. 그 일이 있고 3년이 지난 지금, 대령에게 실패할 가능성이 훤히 보이는 급박한 임무를 띠고 허겁지겁 영국을 방문하도록 강요하는 사건이 발생했겠군요."

잽트는 홈즈의 말에 동의한다는 듯 고개를 끄덕였다.

"이래서 마침내 이야기의 핵심으로 들어갈 수 있겠네요."

홈즈가 딱 잘라 말했다. 그는 의자에 털썩 주저앉아 부젓가락으로 난로에서 벌겋게 불이 붙은 작은 석탄 하나를 꺼내 파이프에 다시 불을 붙이기 시작했다. 파이프를 뻑뻑 빨자 피어오른 회색 담배 연기가 그의 얼굴을 잠시 가렸지만, 홈즈는 전혀 개의치 않고 방문객을 다시 재촉했다.

"잽트 대령, 이제 당신의 문제가 무엇이고, 제가 어떻게 도움을 줄 수 있을 거라고 생각하셨는지 말씀해주시죠."

잽트는 신경질적인 모습으로 양손을 깍지 끼고는 내 친구를 날카로운 눈길로 빤히 쳐다봤다.

"좋습니다. 지금까지 떠들어댔던 일과 밀접한 관련이 있으면서 루리타니아 왕국의 모든 미래를 대재앙 직전까지 몰고 간 최근의 사건에 대해 말씀드리겠습니다."

✤

3장

청색당(The Blues)

우리가 하숙집으로 돌아온 후, 좀 더 거세진 가을바람이 마치 방 안으로 들어오려는 듯이 신음을 내며 창문을 흔들어댔다. 굴뚝을 타고 내려온 한 줄기 찬바람에 사로잡힌 난로 속의 불꽃이 정신없이 너울거렸다. 하지만 홈즈와 나는 루리타니아에서 온 방문객의 이야기에 정신이 팔려 날씨 따위는 전혀 관심이 없었다.

홈즈는 의자에 몸을 파묻고 파이프를 뻐끔뻐끔 피우며 느긋한 표정을 짓고 있었지만, 흥분한 채 잔뜩 귀를 기울이고 있다는 걸 드러내는 신호들—반짝반짝 빛나는 눈, 가볍게 오므린 입술, 찌푸린 눈썹—이 빤히 보였다.

"폐하를 납치하는 대역죄가 저질러지고 지나간 3년은," 잽트 대령의 말이 이어졌다.

"루리타니아 왕국에는 아주 슬프고 고통스러운 세월이었습니다. 앞에서도 약간 힌트를 드렸지만, 루돌프 폐하께선 처음부터 위대한 국왕으로 만들어질 재목이 아니었습니다. 그런데 젠다 성에서의 시련이 그러한 특성을 더 뒤흔들어 나쁜 방향으로 변화시킨 것 같았습니다. 폐하께선 플라비아 공주님에게는 부인을 등한시하고 배려심도 없는 나쁜 남편이었고, 국민에게는 미덥지 못하고 변덕스러운 국왕이었습니다. 꽤 오랜 시간 동안 잔뜩 풀이 죽어 우울하다가 갑자기 이성적이지 못한, 심지어 폭력적인 행태를 수시로 보이는 겁니다. 폐하께서 보이는 이런 무분별하고 불안정한 행동거지는, 그것들이 소문으로 떠돌지 않도록 막고 나쁜 영향력이 크게 미치지 못하도록 무진 애를 썼음에도 불구하고 폐하께서 즉위하실 때 얻었던 왕실과 일반 국민, 양측으로부터의 지지와 헌신을 줄어들게 하였습니다. 루돌프 폐하에 대한 국내의 분위기가 전반적으로 불만스럽게 형성되어 가는 틈을 타서 지방에서는 한 개의 지하당이 왕권을 전복하기에 충분한 세력을 획득하기 시작했습니다. 스스로를 '청색당'이라 지칭하고, 우리나라 방방곡곡에서 볼 수 있을 뿐만 아니라 실제로 유럽에서 아시아까지 광범위하게 분포된, 보라색에 가까운 푸른색 꽃이 아름다운 '아주가(blue bugle)'를 문장으로 삼고 있습니다. 이 지하당의 우두머리가 사악한 악당인 헨차우의 루퍼트입니다."

"뭐라고요!" 나는 깜짝 놀라 소리쳤다.

"그 사람이 여전히 자유의 몸이란 말씀입니까?"

"휴…… 불행히도 그렇습니다, 닥터. 폐하의 대역에 대한 이 야기를 몽땅 다 드러내지 않고는 그 녀석을 공식적으로 반역죄로 기소할 방법이 없었습니다. 더군다나 비밀이 밝혀지면 폐하의 입지가 한층 더 약화될 게 뻔했고요. 따라서 폐하를 위해서도 루퍼트의 자유가 허락되어야만 했습니다."

"정말 말도 안 되는 아이러니로군요."

홈즈가 한마디 거들었다.

"물론 이 피부에 박힌 가시 같은 녀석을 제거하려고 했던 게 한두 번이 아니었지만, 루퍼트는 너무나 교활하고 약삭빨라서 우리가 설치한 함정에 빠져들지 않았습니다. 녀석은 악마의 운을 가지고 있는 것 같지만, 언젠가는, 홈즈 씨, 언젠가는……."

잽트의 쉰 목소리는 속삭이는 수준까지 가라앉았다. 그리고는 눈동자에서 분노의 불길이 번쩍이더니 다시 말을 이었다.

"폐하와 플라비아 공주님이 결혼식을 올리던 날, 루퍼트는 스트렐사우에 다시 모습을 드러냈습니다. 녀석은 아무 일도 없었다는 듯 공공연히 행동했고, 젠다 성의 비밀을 알고 있는 몇몇 사람들도 당연히 아무 일도 없었던 듯 시치미를 떼야 했습니다. 미하엘이 죽긴 했지만, 신원을 알 수 없는 암살자에게 죽임을 당한 것으로 해놨던 터라 대역죄를 지었다는 점은 누설되지 않았습니다. 루퍼트는 자신이 두려워할 게 아무것도 없다는 걸 잘 알고 있었고, 여러 가지 비밀을 알고 있던 터라 안전을 보장받은 셈이었죠. 루퍼트는 귀환하고 얼마 지나지 않아 미하엘이 어리석게도 물려줬던 젠다 성을 차지했습니다. 루퍼트가 청색당을 지휘하고 있는 곳이 바로 그 성입니다. 루퍼트는 아직 폐하께 해가 되는 행동을 직접적으로 취하지는 않았지만, 그의 존재 자체가 음울하고 불길한 위협입니다. 녀석은 몰래 음모의 집을, 언젠가는 우리 모두를 곤경에 빠뜨릴 집을 짜고 있는 거미 같은 놈입니다. 왕권이 충성과 존경을 받도록 플라비아 왕비를 보내주신 신께 감사드려야 합니다. 루돌프 폐하께서 국정을 등한시하고 국민들을 돌보지 않는데도 불구하고, 왕비께서는 폐하의 곁에 서서 왕실의 존엄을 꿋꿋이 지키고 계시니까요. 그분은 주어진 의무를 다하기 위해 모든 감정을 억제하신 것입니다. 일 년에 한 차례씩, 프리츠 폰 탈렌하임은 플라비아 왕비께서 루돌프 라센딜에게 보내는 사랑의 징표를 가지고 드레스텐으로 가서 라센딜을 만났습니다. 프리츠는 왕비의 비참한 상황과 루리타니아의 불행한 실정을 절대로 입 밖에 내지 말고 사그라지지 않는 왕비의 사랑을 확인하는 간단한 메시지만을 전달하라는 엄격한 지시를 왕비로부터 받고 있었습니다. 라센딜도 왕비의 것과 유사한 메시지와 징표로 화답했고요. 홈즈 씨, 어떤 면에서 라센딜과의 이런 갈증 나는 접촉만이 왕비의 하늘을 밝히는 유일한 빛이었던 셈입니다. 이런 작은 희망마저 없다면, 왕비께서는 비극적인 결혼생활의 압력과 점점 취약해지는 왕비로서의 입지 때문에 결국 무너지고 말았을 겁니다."

"국왕께선 라센딜에 대한 왕비의 감정을 전혀 눈치채지 못하고 계신가요?" 내가 물었다.

잽트는 고개를 가로저었다.

"전혀요. 그 문제에 관해선 확신하고 있습니다."

대령은 그 말이 끝나자마자 마치 음모라도 꾸미는 사람처럼 의자에서 자세를 바꾸더니 상체를 앞으로 쑥 내밀었다.

"이제 직접적으로는 제가 영국으로 오게 된 결과를 초래했고, 간접적으로는 선생의 도움을 요청하게 한 원인이 된, 지난 두 달 동안에 벌어진 사건으로 넘어가겠습니다. 5주 전, 폐하께선 밤을 새워가며 음주 파티를 즐기신 끝에 병석에 누우셨습니다. 처음에는 오한이 나는 것에 불과했던 것이 열병으로 진전됐고, 두어 주일 동안은 곧 세상을 떠나실 것처럼 보였습니다. 폐하가 돌아가시면, 당연히 청색당이 승리를 거머쥐게 됩니다. 아직 왕위를 이을 후계자가 없기에 가장 강력한 힘을 보유한 헨차우의 루퍼트에게로 왕관이 넘어가기 때문이죠. 그런데 우여곡절 끝에 폐하께서 건강을 되찾으셨습니다. 신체적인 건강이 회복된 건 분명하지만, 열병이 폐하의 정신을 완전히 변화시켜버렸습니다. 선생도 충분히 짐작할 수 있겠지만, 루돌프 엘프베르크는 컨디션이 최상일 때도 정신적으로 그리 안정적인 사람이 아니었습니다. 그런데 이번에 앓은 열병이 폐하의 취약한 정신 구조를 갉아먹어 완전히 무너뜨리고 말았습니다. 홈즈 씨, 노골적으로 말하자면, 미쳐버린 겁니다!"

홈즈조차도 잽트의 폭로에 입을 딱 벌리고 말았다.

"미쳐요? 도대체 어느 정도로 말입니까?"

"아, 일단 폐하께선 이전처럼 횡설수설하거나 고함을 지르지 못하십니다. 옷도 찢지 못하시고요. 그냥 아기 같으십니다. 정상적으로 태어난 아기 말입니다."

잽트는 고개를 천천히 가로 저었다.

"보고만 있어도 측은합니다."

"그런 상태가 영원히 지속하는 건가요?"

"어떤 일이 벌어질지 확실한 건 한 가지도 없습니다. 런던에서 온 뇌 기능 장애 전문가인 재스퍼 믹 경을 비롯한 유럽의 저명한 의사들이 신중하게 진찰했었습니다. 그분들의 의견은 모두 똑같았습니다. 정신을 올바른 상태로 되돌리기 위해 싸울 것인지, 아니면 점점 더 깊은 망각의 상태로 빠져들지는 환자의 성격과 제정신을 차리기 위해 준비하고 있는 싸움에 달렸다고 말입니다. 시간만이 말해줄 수 있다고 하더군요. 폐하의 상태는 극소수에게만 알려졌습니다. 왕비님과 저, 프리츠, 폐하의 주치의인 슈타이너, 수상, 그리고 신뢰할 수 있는 하인 몇 명에게만이요. 외부에는 폐하께서 말을 타다가 떨어져서 척수가 손상됐고, 따라서 모든 공식적인 행사는 완치되실 때까지 취소된다고 발표됐습니다. 워낙 주의가 산만하다고 알려졌던 분이라 낙마 사고를 당했다는 변명이 전혀 어색하지 않아 사람들이 수긍하는 분위기였습니다. 그 당시에는요. 하지만 국민들이 머잖아 인내심을 잃어버리고 폐하를 뵙고 싶다고 난리를 칠 게 분명합니다."

"루퍼트가 발표된 내용을 의심했습니까?" 내가 물었다.

"정확히는 모르겠습니다, 닥터 왓슨. 하지만 누구도 그 사내가 얼마나 교활한지를 과소평가해서는 안 됩니다. 그자가 설혹 지금은 모르고 있다고 하더라도 진실을 알아차리는 건 시간문제일 뿐입니다. 그리고 절박할 정도로 시간이 부족한 상황이 닥쳐오고 있습니다. 앞으로 10일 후면 보헤미아의 국왕께서 우리나라를 공식 방문하실 예정입니다. 만약 폐하께서 그분을 영접하여 공식 방문과 관련된 수많은 공식 행사에 참석하시지 못한다면, 국민들이 진실을 알아차리지 못하도록 막을 방법이 없습니다. 그게 최후의 일격이 되겠죠. 원래 심약하고 사려 깊지도 못했다가 이제 미치광이로 전락해버린 국왕께 국민들이 계속 충성을 바칠 것이라고 기대할 수 있겠습니까? 그리고 국민들의 지지를 낚아채려고 발톱을 감춘 채 헨차우의 루퍼트가 기다리고 있는 마당에요. 하! 이건 마치 왕국의 열쇠를 녀석에게 갖다 바치는 꼴이 될 게 뻔합니다. 이건 권력을 획득하고 엘프베르크 가계를 무너뜨리기 위해 녀석과 녀석의 악마 같은 부하들이 손꼽아 기다리던 절호의 기회입니다. 그런 일은 어떤 대가를 치르더라도 저지해야 합니다."

홈즈가 의자에 앉은 채로 상체를 쑥 내밀었다. 그의 눈동자는 난로의 불빛을 받아 밝게 반짝거렸다.

"조국이 멸망하기 일보 직전인 이 순간에 대령께서 조국을 버려두고 영국으로 오신 이유를 분명히 알겠습니다. 루돌프 라센딜에게 한 번 더 국왕의 대역을 해달라고 부탁해서 국민들의 의심을 싹 지우고, 루퍼트의 음모를 분쇄하고 싶으신 거로군요."

"홈즈 씨, 선생은 역시 듣던 바대로 상황 판단이 빠르고 통찰력이 있으시군요. 제가 런던에 온 건 바로 그런 이유 때문입니다. 라센딜이 모험을 좋아하고, 고결한 성격을 가지고 있는 데다가, 플라비아 왕비를 깊이 사랑하고 있다는 걸 잘 알고 있기에 루리타니아 왕국을 위해 한 번 더 도와달라고 부탁하는 데 아무런 어려움이 없을 것으로 봤습니다."

"하지만 대령께서 제 거실에 앉아 계시는 거로 미뤄보아 임무에 차질이 생겼군요."

"말씀대롭니다, 홈즈 씨. 루돌프 라센딜이 사라졌습니다!"

⚜
4장
사라진 대역(代役)

셜록 홈즈는 잠시 동안 입을 꾹 다문 채 이마를 찌푸리고 난로 속의 불꽃을 노려봤다. 그러더니 급작스럽게 내 쪽으로 몸을 돌리며 환하게 웃었다.

"마침내 우린 익숙한 영역으로 들어온 것 같지 않나, 왓슨?"

홈즈는 두 손을 마주 비비며 방문객에게 물었다.

"이 문제는 정확하게 해둘 필요가 있습니다, 대령. 정확히 어떤 방식으로 루돌프 라센딜이 사라졌다는 겁니까?"

"라센딜은 이 나라의 턴브리지 웰즈 인근의 랭턴이라는 작은 마을에 살고 있습니다. 제가 직접 이 궁벽한 시골로 가서 그 사람의 주거지를 찾았습니다. 프리츠의 말에 의하면, 아주 조용한 마을이고, 라센딜은 하인 한 명만 두고서 은둔생활을 하고 있다고 했습니다. 예순 살쯤 되어 보이는 로버츠라는 이 하인이 주인 어른은 형님인 벌레스던 경과 얼마 동안 함께 지내기 위해 런던으로 올라갔다는 겁니다. 시간을 낭비하며 그곳까지 찾아간 것에 속으로 욕설을 퍼부으며 런던으로 되돌아와서 파크레인에 주소를 두고 있는 벌레스던 경의 저택으로 찾아갔습니다. 경이 거느린 여러 명의 아랫사람을 이런저런 방법으로 구슬린 끝에 결국 고귀한 귀족 양반과 대면할 수 있었는데, 솔직히 말하자면, 정말 무례하기 짝이 없더군요. 그 양반은 상당히 무뚝뚝하고 퉁명스러운 태도로, 자신이 동생을 보호하는 사람도 아니고, 또 상당히 오랫동안 루돌프를 본 적도 없고 연락도 하지 않은 데다가 심지어 그러고 싶지도 않다고 하더군요. 어떻게 알게 된 건지 확실히 말할 수는 없지만, 저는 그 사람이 거짓말을 했다고 지금도 믿고 있습니다. 저도 공직생활을 오랫동안 했던 터라 누군가가 뻔히 보이는 거짓말로 속이려 들 때는 바로 알아차릴 수 있다고나 할까요? 벌레스던 경은 어딘가 불안해 보이고 목소리에도 확신이 없었죠. 그자는 자신의 불안한 태도를 오만함과 무관심으로 덮으려고 애쓰더군요. 물론 그렇다고 어떻게 해볼 수도 없어서 그 양반의 이야기를 순순히 받아들이고 저택을 나와야 했습니다. 바로 그게 제가 처한 딜레마입니다, 홈즈 씨. 절 도와주실 수 있습니까?"

홈즈는 자리에서 벌떡 일어서서 방 안을 꽤 오랫동안 오락가락했는데, 딱 한 번 블라인드를 살짝 들추고 아래쪽의 도로를 몰래 살폈다. 결국, 홈즈는 난로를 등진 채 잽트 곁에 가서 섰다.

"제가 도와줄 수 있느냐고요? 대답하기가 참 곤란한 질문이로 군요, 잽트 대령. 전 마술봉을 흔들어 라센딜이 허공에서 뚝 떨 어지도록 만드는 기교를 부릴 순 없습니다. 하지만 상당히 특이 한 현상을 많이 포함하고 있는 것처럼 보이는 문제에 제가 가진 지식과 경험, 머리를 적용할 순 있습니다. 맨 처음 해야 할 일은 더 많은 자료를 모으는 거죠. 루퍼트는 대령의 임무를 알고 있었 나요?"

"그럴 가능성은 거의 없습니다. 오로지 왕비와 프리츠만이 제 가 영국을 방문한 목적을 알고 있습니다. 물론 왕궁에서 제 모습 이 보이지 않아 의문이 들긴 하겠지만, 루퍼트는 제가 어디에 있 는지 알 순 없을 겁니다. 전 루리타니아를 혼자서 몰래 떠났으니 까요."

"정말 그럴까요?"

홈즈가 사색에 잠긴 채 혼잣말을 하며 고개를 가로저었다.

"대령이 우리에게 누누이 설명한 대로 그 사내가 그만큼 영리 하고 교활하다면, 대령의 계획을 따로 들을 필요가 없을 겁니다. 혼자서도 대령의 생각의 흐름을 그대로 따라올 능력이 있을 테 니까요. 라센딜이 당신네를 구원해줄 유일한 인물이라는 걸 깨 닫고 라센딜을 먼저 손아귀에 넣으려고 수작을 부렸을 겁니다."

"그게 말이 됩니까, 홈즈 씨? 그런 건 불가능하다고요."

잽트가 고함을 질렀다.

홈즈는 대령에게 싸늘한 미소를 지어 보였다.

"가능성이 없다고요? 이미 그렇게 된 것 같아 두렵군요. 모든 정황이 그렇게 됐다는 걸 보여주는데요, 뭘. 대령은 어떠신가요? 영국에 입국한 이후로 어떤 식으로든 위협받고 있다는 걸 느꼈거나, 아니면 누군가가 지켜보고 있다는 걸 알아차린 적이 있습니까?"

잽트는 고개를 살래살래 저었다.

"아니, 제가 알기에는 없습니다. 최소한……."

대령은 갑자기 말을 멈췄다.

"거 보십시오." 홈즈가 얼른 나섰다.

"뭔가가 있군요?"

"특별히 주목할 만한 것은 아니었습니다. 아주 사소한 일이었거든요."

"제 경험으로 미뤄볼 때, 사소하다고 생각했던 것들이 아주 중요한 것일 때가 자주 있더군요. 판단은 제게 맡겨주시죠."

"음…… 오늘 오전에 벌레스던 경 저택을 방문했을 때 이상하게 생긴 사내 하나가 도로 맞은편에서 어슬렁거리고 있었고, 제가 그곳을 떠날 때도 여전히 제자리에 있더군요."

"체크무늬의 모자를 쓰고, 팔자 콧수염에, 허름한 회색 얼스터코트를 걸친 키가 큰 사람이었습니까?"

잽트는 깜짝 놀라 당장에라도 눈이 튀어나올 듯했다.

"맙소사, 선생은 마법사인 모양입니다. 그걸 어떻게 아신 겁니까?"

"지금 그렇게 생긴 사람이 이 방 맞은편 도로에 서 있으니까요." 홈즈가 대꾸했다.

"뭐라고요!"

잽트가 의자에서 벌떡 일어섰지만, 홈즈가 즉시 대령을 제지했다.

"안 됩니다, 대령, 내다보지 마세요. 감시하는 걸 우리가 알아채지 못했다고 녀석이 생각하도록 내버려두자고요. 그렇게 하면 녀석이 오히려 우리에게 도움이 될 수도 있으니까요."

잽트는 다시 의자에 앉았다.

"그게 무슨 말인가, 홈즈?" 내가 물었다.

"설명이고 뭐고가 필요 없을 정도로 분명하지 않나? 대령께서 루리타니아를 떠나는 순간부터 루퍼트 백작의 부하들에게 미행을 당했을 거라는 말일세."

"정말로 그랬다면," 잽트가 얼른 말을 받고 나섰다.

"녀석들은 제가 맡은 임무의 목적을 알았을 것이고, 라센딜이 스트렐사우로 되돌아가는 걸 막기 위해 전력을 기울일 준비를 하고 있을 겁니다."

"엘프베르크 가의 일원으로는 가지 못하도록 죽을힘을 다해 막겠죠."

"라센딜이 루퍼트의 아래로 들어가는 일은 결코 없을 겁니다."

"제 발로야 안 가겠죠."

"그게 무슨 뜻인지……?"

"라센딜이 청색당에 의해 납치됐다는 겁니다. 현재 우리가 가지고 있는 증거로 미뤄보아, 그게 가장 가능성이 높은 결론인 것 같군요."

잽트는 완전히 풀이 죽어 중얼거렸다.

"그렇다고 해도 라센딜은 루퍼트의 요구에 굴복하기보다는 차라리 죽음을 택할 겁니다."

"사내로 하여금 시키는 대로 하도록 강요하는 방법에는 여러 가지가 있죠. 우린 이 사건에 관해서 아직은 어둠 속에 있는 것과 다를 바가 없습니다. 상황을 명쾌하게 밝혀줄 더 많은 빛이 필요합니다."

"그러려면 우리가 무엇을 해야 할까요?"

"길 건너편에 있는 친구의 도움을 요청해야 한다고 봅니다."

"어떻게요?"

홈즈는 그 물음에 대답하기 전에 잠시 뜸을 들였다.

"대령께선 채링 크로스 호텔에 묵고 계시죠?"

"그렇습니다만, 선생께선 그걸 어떻게 알고 있는 겁니까?"

"그건 중요한 게 아닙니다."

"선생께는 중요한 게 아닐지 몰라도 전 꼭 알고 싶군요."

"좋습니다. 그건 간단한 추론입니다. 채링 크로스가 영국을 찾아오는 유럽인들에게 꽤 인기 있는 호텔이고, 현재 그곳에서는 빌리어스 스트리트로 들어가는 초입에서 도로공사를 하고 있어 인근 도로가 그곳에만 있는 붉은색 진흙으로 뒤덮여 있죠. 그런데 그 진흙이 대령의 양쪽 구두 굽에 잔뜩 달라붙어 있단 말입니다."

잽트는 폭소를 터뜨리며 딱 부러지게 말했다.

"제 문제를 해결할 수 있는 사람을 제대로 찾아온 게 분명하네요."

홈즈는 표정 하나 변하지 않고 단호한 어조로 말했다.

"그거야 곧 알게 되겠죠. 대령, 이제 호텔로 돌아가셨으면 합니다. 그러면 미행자는 마차를 잡아타고 대령을 따라갈 게 분명합니다. 목적지가 분명히 들리도록 큰소리로 말씀하시고, 일단 마차를 탄 후에는 마부에게 아주 천천히 가달라고 조용히 지시하시면 됩니다."

"왜 그렇게 해야 합니까?"

"대령께서 '체크무늬 모자'에게 미행을 당하시는 동안에, 왓슨과 제가 녀석의 뒤꽁무니를 쫓을 예정이니까요."

홈즈가 내 쪽으로 얼굴을 돌렸다.

"괜찮겠지, 왓슨?"

"물론이네."

나는 얼른 대꾸했다.

"좋아. 그럼 더 이상 지체할 이유가 없겠군. 대령께선 일단 호텔에 도착하시면 왓슨과 제가 보일 때까지 로비에 있다가 객실로 올라가 쉬시면 됩니다. 아침에 연락해서 진전 상황을 알려드리겠습니다."

뚱뚱한 루리타니아 인이 벌떡 일어섰다.

"홈즈 씨, 이거 뭐라고 감사의 말씀을 드려야 할지 모르겠습니다."

"감사의 말이 너무 이른 것 같군요. 아직 아무것도 이룬 게 없는데요, 뭘."

"틀린 말씀은 아니지만, 선생은 제게 아직 모든 걸 다 잃은 게 아니라는 희망을 주셨습니다."

"대령, 이 사건은 수심이 깊은 시커먼 물과 같은데, 우린 아직 바닥까지 들여다보지 못한 게 아닌가 하는 의심이 듭니다."

✳ ✳ ✳

몇 분 후, 홈즈는 창가에 자리 잡고 서서 잽트가 우리의 하숙집 현관을 나서서 대기시켜 놓았던 마차에 올라타는 걸 지켜봤다. 길 건너편의 가로등 아래에서 죽치고 있던 스파이는 마차가 인도와의 경계석을 벗어나자마자 부산하게 움직였다. 피우고 있던 담배를 던져버리고 도로로 나서서 마차를 불렀다.

"가세, 왓슨."

홈즈가 작은 소리로 말했다.

우린 거실을 득달같이 빠져나와 계단을 뒹굴다시피 내려와 늦지 않게 인도에 서서 '체크무늬 모자'가 마차를 잡아타고 잽트의 마차를 따라 베이커 가에서 멀어지는 모습을 지켜봤다. 홈즈는 세 번째 마차가 다가오는 걸 알아차리고 그걸 세우기 위해 도로로 튀어나갔다. 마차가 멈춰 서기는 했지만, 마부는 우릴 내려다보며 고개를 가로저었다.

"죄송합니다만, 신사분들을 태울 수가 없습니다. 전 지금 크로포드 거리에 있는 마구간으로 돌아가야 합니다."

"우릴 태워다준다면 반 소버린(sovereign, 1파운드짜리 금화)을 드리리다." 내 친구가 제안했다.

마부는 잠시 망설였지만, 여전히 고개를 가로저었다.

"어이쿠, 주인님, 저도 태워다 드리고 싶지만, 제 말이 지쳤고 편자 하나까지 잃어버려서 즉시 손을 봐야합니다요."

홈즈는 안달이 나서 거칠게 숨을 몰아쉬고는 내 쪽으로 빙글 돌아섰다.

"이쪽이네, 왓슨."

홈즈는 날카롭게 외치고 두 대의 이륜 마차가 달려간 방향으로 냅다 달리기 시작했다.

다행히도 잽트는 홈즈의 지시를 그대로 따랐고, 그가 탄 마차는 아주 천천히 달리고 있었다. 결과적으로 두 대의 마차를 눈앞에 두고 부지런히 따라갈 수 있었다. 달리는 동안, 빈 마차가 있는지 주변을 두리번거렸지만 한 대도 보이지 않았다. 차가운 바람이 얼굴을 후려치고 지나가자 얼음 바늘에 찔린 듯 눈에서 눈물이 글썽거렸다.

"운도 지지리도 없구먼."

헐떡거리며 하는 홈즈의 말은 바람에 실려 사라져버렸다.

어느새 뒤쫓고 있는 마차 중 나중에 출발한 마차와 우리와의 간격이 더 벌어졌다.

"저놈을 놓쳐서는 안 돼."

홈즈는 끙 소리와 함께 한층 더 발을 재게 놀렸다. 순식간에 나보다 3, 4미터 앞으로 달려나갔다.

옥스퍼드 거리가 가까워지자 인도는 사람들로 더 붐볐고, 다가오는 행인들의 물결을 요리조리 빠져나갈 수밖에 없어서 달리는 속도가 뚝 떨어졌다. 그러다가 나는 성격 있어 보이는 험상궂은 인상의 뚱뚱한 사내와 충돌했다. 그 사람이 날 잡으려고 했지만, 나는 걸음을 멈추지 않은 채 허리를 굽혀 그 손을 피해 빠져나가면서 어깨너머로 미안하다는 말을 던졌다.

하딘지 거리의 모퉁이에 접근했을 때 손님을 태우지 않은 마차를 발견했다. 홈즈는 마차에 훌쩍 뛰어올라 마부에게 다급하게 지시하고, 몸을 돌려 나를 마차 안으로 끌어들였다. 마차가 갑자기 출발하는 바람에 나는 숨도 돌리지 못하고 처박히다시피 의자에 털썩 주저앉았다.

"얼굴에 화색이 돌게 하고 무릎을 탄탄하게 하는 데는 운동보다 좋은 게 없지. 그렇지 않나, 왓슨?"

홈즈는 껄껄 웃으며 한마디 했다. 마차 안의 희미한 불빛에 비친 그의 날카로운 얼굴에는 의기양양한 기색이 가득했다.

우린 스파이의 마차를 따라 옥스퍼드가에서 좌회전했다. 밤도 많이 깊었고 날씨도 별로 좋지 않음에도, 큰길은 사람들로 흘러넘쳤다. 극장이 끝나고 집으로 가는 사람들, 야회복을 걸친 채 술에 취한 사람들, 야근자들, 거대한 도시를 하루 종일 떠돌아다니는 온갖 부랑자들로 북적거렸다. 이들과는 달리 문간에 옹기종기 모여 앉아 열띤 대화를 나누고 있는 떠돌이들도 있었다.

"인간은 충동적으로 남들과 어울리는 동물이지. 따라서 밖으로 쏟아져 나와 다른 인간들과 뒤섞여야만 한다네."

홈즈가 2, 3백 미터쯤 앞서가는 마차에서 눈을 떼지 않은 채 한마디 했다.

바로 그 순간, 예상하지 못한 일이 벌어졌다. 스파이가 탄 2륜 마차가 잽트가 탄 마차의 뒤를 따라 옥스퍼드 광장에서 우회전해 리젠트 거리로 접어들지 않고 계속 직진했다.

"잘됐군."

홈즈가 흥분한 목소리로 외쳤다.

"왓슨, 자넨 단독으로 행동해야겠네. 잽트가 묵고 있는 호텔까지 따라가서 로비에서 날 기다려주게. 나는 이 녀석을 계속 쫓아가야겠어. 잽트를 따라가지 않는 걸로 봐서, 오늘 밤에는 더는 미행할 필요가 없고 내일 아침에 다시 따라붙으면 된다고 판단했을 수도 있네. 아니면, 임무 시간이 끝나서 다른 녀석과 교대했을 수도 있고. 이유야 어떻든 간에 저 녀석의 뒤를 따라가 보면 날 라센딜에게로 데려다줄지도 모르지."

우리가 탄 마차가 옥스퍼드 광장을 지나면서 거의 기어갈 정도로 속도가 늦춰지자, 나는 별 어려움 없이 마차에서 뛰어내릴 수 있었다.

"조심하게, 홈즈."

나는 옥스퍼드 광장의 맞은편 인도에 발을 딛고 소리쳤다. 홈즈는 손을 한두 번 흔들어 대답을 대신했다. 나는 몸을 돌려 잽트의 뒤를 따라가기 전에 잠시 그대로 서서 홈즈가 탄 마차가 어둠 속으로 모습을 감출 때까지 지켜봤다.

✤

5장

채링 크로스 호텔

나는 옥스퍼드 거리를 가로질러 리젠트 가로 접어들었다. 불과 몇 초 만에 마차를 잡아타고 채링 크로스 호텔로 돌아가는 잽트 대령을 뒤따를 수 있었다.

나는 마차 안의 어두운 곳에 앉아 홈즈와 함께 빠져든 괴이한 사건의 상세한 부분들을 머릿속에 떠올리며 모험의 황홀감을 만끽했다. 우울한 홈즈를 달래기 위해 추리 테스트를 한답시고 사소한 문제들을 내밀었다가 별 성과도 얻지 못한지 불과 두어 시간이 지난 지금, 매우 중요하고도 위험한 미스터리의 실마리를 따라 서로 갈라져서 런던을 가로지르고 있는 모습에 나는 쓴웃음을 지었다.

피커딜리 광장에 가까워지자 앞에서 달리는 잽트가 탄 이륜 마차가 시야에 확실히 보였고, 목적지에 도달할 때까지 10분 동안 이 상태가 그대로 유지됐다. 채링 크로스 호텔은 대륙에서 런던으로 오는 사람들이 필수적으로 이용하는 기차역인 스트랜드 역을 마주 보고 서 있는, 프랑스 르네상스 양식의 외관을 지닌 거대하고 인상적인 호텔이었다. 내가 탄 마차는 마부에게 요금을 지불하고 호텔 정문을 들어가는 잽트의 모습이 보일 시점에 멈춰 섰다. 2, 3초 후, 나도 잽트와 똑같이 따라 했다.

자정이 거의 다 된 시간인데도 사람들로 꽉 찬 로비는 소란스러웠다. 수많은 사람이 하고자 하는 일에 따라 이리저리 움직였다. 일부는 체크인하려고, 또 다른 일부는 이 야심한 시간에 이 도시에서 얻을 수 있는 수상쩍은 즐거움을 맛볼 생각인지 밖으로 나가고 있었다. 몇몇은 안락한 의자에 앉아 신문을 읽거나 그날의 마지막 술이나 담배를 즐기고 있었다.

나는 웅성거리는 사람들 틈에서도 순식간에 잽트를 찾아냈다. 그는 데스크에서 석간신문 한 부를 빼내 들고 승강기 가까운 곳에 있는 눈에 띄는 의자에 앉았다. 잽트가 신문 기사에는 전혀 관심이 없을 거라고 분명히 말할 수 있었다. 신문은 그가 로비를 몰래 둘러보는 데 사용한 도구였을 뿐이었다. 마침내 잽트의 눈길이 나에게 닿았고, 우리 두 사람은 아무도 모르게 눈인사를 교환했다. 잽트의 얼굴에 홈즈가 보이지 않아 어리둥절해하는 기색이 떠올랐고, 로비를 연신 훑어봐도 홈즈를 찾을 수 없자 내게로 다시 눈길을 돌렸다. 나는 아주 편안한 태도를 보임으로써 잽트에게 모든 게 잘되고 있다는 확신을 주려고 했다. 그는 내가 뜻하는 바를 알아차린 듯했고, 잠시 후, 로비가 한산해지자 신문을 내려놓고 이제 자러 가야겠다는 신호를 보내듯 과장된 몸짓으로 기지개를 켜고는 안내데스크에서 자신의 객실 열쇠를 받아들고 승강기로 다가갔다. 잽트는 승강기 문이 닫히기 전에 내게 살짝 고개를 끄덕였다.

이제 달리 할 일이 없어 나는 의자에 가만히 앉아 셜록 홈즈가 도착하기만을 기다렸다. 그 스파이가 어디로 홈즈를 달고 갔는지, 또 홈즈가 어떤 모험을 하고 있는지 알 방법이 없어 꽤 오랫동안 빈둥거리며 있어야 할지도 모르겠다고 생각했다. 혼자 추측하고 고민해봐야 아무런 소용이 없다는 걸 깨닫고는 혼신의 힘을 다해 쓸데없는 생각을 머릿속에서 밀어내 버렸다.

내 친구가 마침내 로비에 모습을 드러낸 것은 새벽 2시가 막 지난 때였다. 몇몇 졸고 있는 숙박객과 야간 당직자를 제외하고는 로비가 거의 텅텅 비어 있었다. 홈즈가 성큼성큼 호텔로 들어설 때, 나는 안락의자 중의 하나에 걸터앉아 석간신문의 페이지들을 거의 백 번쯤 뒤적거리고 있었다. 홈즈의 얼굴이 벌겋게 달아올랐고, 두 눈에는 흥분의 기색이 가득했다. 마차를 타고 벌인 모험이 어느 정도 성공을 거둔 모양이라고 생각했다.

홈즈는 내가 앉아 있는 곳으로 의자 하나를 끌어당겼다.

"아무 일 없었겠지?"

그가 속삭이듯 물었다.

나는 고개를 끄덕였다.

"아무런 문제도 없었네. 자넨 어떤가? 그 '체크무늬 모자'가 자네를 어디로 이끌고 가던가? 라센딜이 지금 어디에 있는지 아는가?"

홈즈는 내 질문을 묵살하고 다소 퉁명스러운 반응을 보였다.

"나중에 자세한 것을 다 말해주겠네."

그는 말을 마치고 로비를 둘러봤다.

나를 화나게 하는 홈즈의 성격 중 하나는 극히 중요한 정보를 밝혀도 좋다는 생각이 들 때까지, 즉 가장 극적인 효과를 만들어낼 수 있다는 판단이 설 때까지 입을 꾹 다물고 밝히지 않는 것이었다. 정말 짜증이 나서 나도 모르게 불끈 성질이 나곤 했다. 어쨌거나 지난 경험으로 미뤄봐서 지금 이 문제를 가지고 따지는 건 아무런 소용이 없다는 것을 알고 있었다. 홈즈가 조개가 되고 싶다면 그것을 비틀어 열 방법이 없었다.

홈즈는 내게로 눈길을 돌렸다.

"잽트는 자신의 방으로 올라간 건가?"

나는 그렇다고 고개를 끄덕였다.

"감시하는 자들이 없는 것 같은데……?"

홈즈는 이마를 찌푸렸다.

"자네는 있을 것으로 기대한 건가?"

"나도 잘 모르겠어."

홈즈는 뭔가 딴생각을 하는 것처럼 다소 건성으로 대꾸했다.

잠시 생각에 잠겨 있던 홈즈가 다시 입을 열었다.

"음…… 왓슨, 대령의 숙면을 방해해야 할 것 같네. 어린애에 관해서 꼭 물어봐야 할 아주 중요한 질문이 있거든."

"어린애라니?"

홈즈는 내 질문에 대꾸하지 않았다.

잽트는 베이커 가의 거실에서 자신이 호텔 3층의 작은 객실에 머물고 있다고 했었기에 홈즈와 나는 그곳으로 가보기로 했다. 우린 승강기에 올라탔고, 곧 희미하게 불이 밝혀진, 잽트가 묵는 객실 밖의 복도에 내려섰다. 홈즈가 가볍게 문을 노크했다. 잠시 기다렸지만, 아무도 나와 보는 사람이 없었다.

"모피어스(Morpheus. 그리스 신화에 등장하는 꿈의 신)의 품 안에서 푹 잠들었나 본데?"

내가 한마디 했다.

홈즈는 문을 더 세게 두드렸다.

"잽트가 이래도 깨어나지 않는다면, 잠잘 때 업어가도 모르는 사람이라는 뜻이겠지."

홈즈가 걱정스러운 어조로 말했다.

"이젠 어떻게 해야 하나?"

"달리 깨울 방법이 없으니, 강제로라도 들어가 봐야겠지."

홈즈는 그렇게 말하면서 자신의 조끼 주머니에서 짧은 철사를 꺼내 열쇠 구멍으로 집어넣었다. 홈즈는 범죄를 수사하는 쪽으로 주의를 돌리지 않았더라면 아주 능숙한 절도범이 됐을 거라고 두어 번 언급한 적이 있었다. 바로 내 눈앞에서 그의 말을 증명하는 일이 벌어지고 있었다. 불과 몇 초도 채 지나기 전에 찰칵하는 소리가 들렸고, 홈즈는 손잡이를 돌려 문을 열었다.

우린 어두운 방 안으로 들어갔다. 창백한 달빛이 제일 안쪽에 있는 창문을 통해 들어왔지만, 방 안을 어렴풋이 살펴볼 수 있을 정도로 희미했다.

나는 희미하게 빛나는 전등 스위치를 발견하고 그걸 켜자고 손짓했지만, 홈즈는 나를 말렸다. 그 대신 홈즈는 외투 주머니에서 손전등을 꺼내 스위치를 켰다. 전등으로 작지만 우아한 거실 내부를 빙 둘러 비췄다. 불빛은 마지막으로 가장 안쪽 귀퉁이에 있는 문에 도달했다.

"침실이군."

내가 작게 속삭였다.

"저렇게 안쪽에 있어서 잽트가 우리의 노크 소리를 듣지 못했나 보네."

홈즈는 내 말에 아무런 대꾸도 하지 않고 조용하면서도 신속하게 침실 문 앞으로 다가갔다. 침실로 들어서자마자 시가 연기의 냄새가 났다. 커튼이 창문을 완전히 가리고 있고, 홈즈의 전등이 던지는 가느다란 노란색 불빛을 제외하고는 칠흑처럼 컴컴했다. 마침내 불빛이 침대 위를 비췄다. 그곳에 잽트가 머리를 시트 밖으로 내놓은 채 누워 있었다.

하지만 나는 그의 얼굴을 보고는 뼛속까지 얼어붙고 말았다.

잽트의 두 눈은 깜짝 놀란 채 뭔가를 노려보듯 크게 떠져 있고, 입은 소리 없는 비명을 내지르듯 딱 벌리고 있었다.

홈즈는 득달같이 침대 곁으로 달려가 잽트의 이마를 만졌다. 그러고는 시트를 벗겨 오늘 초저녁에 우리와 함께 있을 때 입었던 옷을 그대로 갖춰 입고 있는 대령의 몸 전체가 드러나도록 만들었다. 하지만 내 주의를 끌고 헉 소리가 절로 나게 한 것은, 그의 가슴에 박혀 있는 화려하게 장식된 단검의 자루였다. 단검이 박힌 곳을 중심으로 진홍색의 얼룩이 번져 있었다.

"살해당했어."

나는 겁에 질려 쉰 목소리로 꺽꺽거리며 속삭였다.

홈즈는 심각한 표정으로 고개를 끄덕이고는 크게 실망한 듯 한숨을 내쉬며 전등으로 실내를 빙 둘러 비추더니 다시 꼼짝도 하지 않는 시신에 불빛을 고정했다. 그때야 나는 잽트의 쫙 벌린 손바닥 가운데에 놓인 작은 물체를 알아차렸다.

그건 한 송이의 작은 꽃이었다.

"아주가야." 홈즈가 엄숙한 어조로 말했다.

우리가 벌인 수사가 갑작스럽고 충격적인 일격을 받았다는 사실에 순간적으로 압도되어 나는 비통한 심정으로 묵묵히 서 있었다.

"녀석들이 교활하고 신속하다는 면에서 우릴 앞질렀어."

분노로 붉게 달아오른 얼굴로 피에 젖은 잽트 대령의 시신을 노려보며 홈즈가 중얼거렸다.

"대령이 항상 밀착 감시를 받고 있다는 걸 알아차렸어야 했는데⋯⋯."

나는 홈즈가 자신의 잘못이라고 여기는 부분에 대해서는 적이 아니라 자신에게 더 화를 내고 있다는 걸 잘 알고 있었다.

"자네가 이런 비극적인 결과를 미리 내다볼 방법이 없었잖은가." 나는 홈즈를 다독였다.

홈즈는 고개를 가로젓고는 무거운 한숨을 내뱉었다.

"자네의 말이 고맙긴 하지만 옳은 말은 아닐세. 나는 이런 사태가 일어나지 않도록 막았어야 해."

내가 뭐라고 대꾸하기도 전에 홈즈는 내게 손전등을 건넸다.

"방 안을 간단히 살펴보는 동안 그걸 좀 들어주게."

내가 홈즈의 지시에 따라 손전등의 불빛을 비추는 동안, 홈즈는 확대경으로 침실의 여러 부분을 검사하며 돌아다녔다. 검사가 워낙 순식간에 매끄럽게 이뤄진 터라 누구도 얼마나 세심하게 행해졌는지 짐작할 수도 없을 것이다.

"살인범이 뻔뻔한 녀석이라는 점을 제외하고 이곳에서 더 이상 알아낼 만한 게 없군."

홈즈는 마침내 작은 담뱃재를 집어 올리며 말했다.

"녀석은 냉혹한 범죄를 저지른 후 담배 한 대를 즐긴 것처럼 보여서 말이야."

홈즈는 다시 한숨을 내쉬었다.

"음, 왓슨, 첫 번째 판은 루퍼트와 그의 일당이 이겼네. 하지만 전투가 끝나려면 아직 멀었지. 자네, 오늘 밤 조금 더 모험을 해도 괜찮겠나?"

"물론이네."

"자넨 역시 좋은 사람이야. 무기를 가지고 있는가?"

나는 말 대신 피스톨을 꺼내 보였다.

"즉시 사용할 수 있도록 준비해주게."

홈즈가 지시했다.

"밤이 새기 전에 그걸 사용할 필요가 있을지도 모르니까."

6장

런던의 새벽

3시를 알리는 빅벤의 침울한 소리가 잠든 도시 위로 선명하게 울려 퍼졌다. 이제 바람은 잦아들어 밤공기는 서늘한 기운만 풍겼다. 홈즈와 나는 다시 이륜 마차를 잡아타고 런던의 고요한 거리를 가로지르고 있었다. 남의 눈에 띄지 않게 채링 크로스 호텔을 재빨리 떠나고 나서 약간의 시간이 흐른 다음이었다. 우린 잽트의 객실을 우리가 처음 발견했을 때와 같은 상태로 두었다.

"경보를 울려 경찰에 알리면 우릴 잡고 늘어져서 우리의 수사를 심각하게 방해만 할 걸세." 홈즈가 설명했다.

"지금 우리가 대령을 위해 해줄 수 있는 일은 아무것도 없네. 대령을 살해한 자에게 복수하고, 그가 우리에게 맡긴 일을 완수하는 것 이외에는!"

펄럭거리는 가스등과 구름이 잔뜩 낀 하늘에서 스며 나오는 달빛으로 희미하게 밝혀진 텅 빈 거리를 질주하는 우리를 태운 마차의 모습이, 지친 내 머리로 판단하기에는 마치 꿈속의 세계로 달려가는 듯한 느낌을 받았다. 눈에 익은 건물들의 어슴푸레한 윤곽과 숨을 죽이고 있는 듯한 쭉 뻗은 도로와 짧고 날카롭게 울려 퍼지는 으스스한 말발굽 소리는 이번 여행에 비현실적인 분위기를 한층 더 덧칠했다.

"왓슨, 자네 괜찮은가?" 내 친구가 날카롭게 물었다.

"괜찮네." 나는 머릿속을 혼란스럽게 하는 상상을 털어버리며 대답했다.

"홈즈, 지금 우리가 어디로 가고 있는지 말해주겠나?"

"이런, 날 용서하게나, 왓슨. 진즉 말해줬어야 했는데……. 자네를 아무것도 모르는 상태로 둘 생각은 전혀 없었네. 딴생각에 빠져 있는 바람에 그만……. 우린 지금 오늘 초저녁에 내가 했던 여행을 그대로 답습하는 중일세. 자넬 옥스퍼드 광장에 내려두고 내가 탄 마차는 '체크무늬 모자'의 뒤를 계속 따라갔다네. 우린 '스테프니'를 향해 동쪽으로 이동하며 '마일 엔드 로드'로 들어섰지. '보우 로드'로 꺾어들기 직전에 우회전해서 '버넷트 로드'로 접어들었네. 약 300미터 앞에서 우리의 친구가 마차를 멈추더군."

홈즈는 낄낄 웃었다.

"'체크무늬 모자'는 내가 뒤따르고 있다는 걸 전혀 알아차리지 못했어. 따라서 녀석은 자신감에 찬 느긋한 태도로 마부에게 작별인사를 하더군. 그러고는 다른 집들과 좀 떨어져 있는 104번지의 수수한 빌라로 들어갔네. 아래층 창문에 커튼이 쳐져 있었지만 약간 벌어진 틈새로 스며 나오는 가느다란 빛줄기가 보였고, 따라서 다른 녀석들이, 음모에 관련된 다른 녀석들이 집 안에 있다는 걸 알게 됐네. 주위를 좀 더 살펴보니 죽 늘어선 집들의 뒤쪽으로 작은 길 하나가 나 있더군. 그곳으로 슬며시 다가간 다음, 104번지의 집 담을 타고 올라가 뒤뜰로 내려섰네. 정원은 손질을 전혀 하지 않았는지 풀이 웃자라 있었고, 뒤쪽은 어둠에 잠겨 있더군. 발각될까 두려워 가지고 있던 손전등을 켜보지도 못했네. 집 옆면을 돌아 앞으로 나오려는 순간, 운이 좋으려고 그랬는지 발밑으로 희미하게 깜빡거리는 불빛이 보이더군. 그때야 그게 지하 저장고의 작은 창문 바로 위에 설치된, 잡초와 잔디로 뒤덮인 쇠창살이라는 걸 알아차렸네. 수북이 쌓인 낙엽과 창문에 낀 때 때문에 시야가 밝진 않았지만, 그래도 심장을 마구 뛰게 할 만한 광경이 눈에 들어왔네. 지하 저장고에서 어떤 여자 하나가 흘러나오는 빛의 근원인 양초를 들고 있더군. 그 여자는 바닥에 놓인 뭔가를 살펴보는 것 같았네. 그 여자가 걸음을 옮기며 내가 있는 쪽으로 더 많은 빛을 보내자 그 여자가 관심을 보이고 있던 대상이 어떤 소년의 몸뚱이라는 걸 볼 수 있었네. 그 애는 거친 천 조각을 이용해 임시로 만든 침대에 누워 있었어. 처음에는 소년이 죽었다고 생각했지만, 때마침 잠이 든 상태에서 몸을 꿈틀거리더군. 그 여자는 소년을 잠시 들여다보더니 지하 저장고를 다시 어둠에 빠뜨리며 그곳을 떠났네."

"도대체 그 소년이 누구란 말인가?"

"의심이 가는 바가 없지는 않지만, 자료를 좀 더 모을 때까지는 입 밖에 내지 않을 생각이네."

"잽트가 자네에게 말해줄지도 모른다고 기대했겠군."

"꼭 그런 건 아니네. 내가 의심하는 바를 확인해줄 수는 있을 거라고 봤네."

"그래서 그다음에 자넨 무엇을 한 건가?"

"집 앞으로 기어가서 커튼의 틈새로 집 안을 훔쳐봤네. 볼 수 있는 범위가 한정되긴 했지만, 허름하게 꾸며진 방이라는 건 알아볼 수 있었네. '체크무늬 모자'는 긴 의자에 큰대자로 누워 술을 꿀꺽꿀꺽 마시며 다른 사내와 대화를 하고 있더군. 다른 사내의 얼굴은 보이지 않았지만, 연청색의 어떤 유니폼을 입고 있다는 건 알아보겠더라고. 지하 저장고에서 봤던 여자가 이들과 합류해서 한동안 재잘거렸다네. 그들이 한 말을 들을 수는 없었지만, 그래도 한 번 이상 언급한 이름 두 개는 눈치챌 수 있었네. 한 개는 잽트였어."

"그럼 다른 하나는?"

"홀슈타인이었네."

나는 고개를 가로저었다.

"전혀 모르겠는데……."

"나도 마찬가질세. 잠시 기억의 저장고에 넣어둬야겠지. 잠시 후, 그들 세 사람은 잠자리에 들려는 것처럼 보이더군. 내가 본 바로는, '체크무늬 모자'가 여자에게 뭔가를 요구하는 것 같더군. 녀석은 방을 나서기 전에 창문 쪽으로 다가왔다네. 나는 얼른 땅바닥에 납작 엎드려 벽에 몸을 바싹 붙였는데, 바로 그 순간, 녀석이 커튼을 걷고 거리를 훑어보더군. 내가 보기에, 녀석은 자러 가기 전에 모든 게 정상인지 확인하는 것 같았네. 녀석이 날 알아차리기 전에 가까스로 몸을 피할 수 있어 다행이었지. 잠시 후, 문에 빗장이 질러지고 불이 꺼지더군. 나는 현재 얻을 수 있는 정보는 최대한 긁어모았다고 판단하고는 호텔로 돌아온 것이라네."

"그 모든 게 어떤 의미가 있다는 건가?"

"지하 저장고에 있는 소년의 존재를 잠시 제쳐놓고라도 그 집은 청색당이 런던에 머무르는 동안 본부로 사용되는 것 같았네. 내가 의심했던 대로, 녀석들은 루리타니아에서부터 잽트를 뒤따라 와서 라센딜을 납치하고 잽트를 살해할 준비를 하는 동안 그 집을 빌려서 본부로 삼았던 거지. 국왕이 신뢰하는 친구가 스트렐사우에서 뚝 떨어진 곳에서 살해되면 루퍼트와 그의 일당에게 전혀 혐의를 둘 수 없으니 얼마나 편하겠나."

"그럼 라센딜은 어떻게 된 건가? 놈들이 그 사람을 그 집에 숨겨놓았을 것 같은가?"

"청색당이 라센딜을 손에 넣은 건 확실하다고 믿고 있네. 하지만 내 추리가 옳다면, 그 사람은 그 집에 있지 않고 지금 이 순간, 잽트를 살해한 놈과 함께 대륙으로 되돌아가고 있을 걸세."

"우리가 들은 대로라면, 라센딜은 녀석들의 요구에 굴복하기보다는 차라리 죽는 길을 택할 것 같은데…… 놈들은 어떻게 그 사람이 따라오도록 만들었을까?"

"그 소년이 미끼였겠지."

내 얼굴에 그의 말을 이해하지 못해 어리둥절해 하는 모습이 그대로 드러났던지 홈즈는 씩 웃어 보이며 내 팔을 툭툭 쳤다.

"모든 걸 적절한 때에 다 설명해주겠네, 왓슨. 하지만 지금은 목적지가 가까워진 것 같군."

얼마나 넋을 놓고 홈즈의 설명에 귀를 기울였던지 시티 오브 런던의 높직하고 인상적인 건물들로 가득 찬 풍경이 이스트엔드의 좀 더 허름하고 곧 무너질 듯한 집들로 바뀐 것을 알아차리지 못했다. 홈즈의 지시에 따라 마차는 버넷트 로드로 접어들었다.

나는 아직도 홈즈가 어떤 행동계획을 가졌는지 알지 못했다. 혹시 우리 두 사람의 힘만으로 집으로 쳐들어가 그곳에 있는 자들을 체포하려고 하는 건 아닐까?

거리를 따라 잠시 달리는 동안, 홈즈는 마부에게 마차를 세우고 우릴 기다리라고 지시했다. 우린 인적이 하나도 보이지 않는 길을 따라 조용히 움직여서 창백한 달빛에 물든 하늘을 배경으로 고르지 못한 컴컴한 윤곽을 드러내고 있는 104번지 앞에 도착했다.

"왓슨." 홈즈가 목소리를 낮춰 말했다.

"내가 여기에서 망을 보겠네. 자네가 지원군을 데리고 돌아올 때까지 이 새장 안의 새들이 한 마리도 도망치지 못하게 하고 싶거든. 내 기억력이 틀리지 않는다면, 우리의 친구인 그렉슨이 이번 달에 야드에서 야간 당직을 하고 있을 걸세. 그 사람에게 대여섯 명의 유능한 부하들을 이끌고 와달라고 전해주게. 지금 당장 출발하게나. 조금이라도 지체하면 이번 모험의 성공을 보장할 수 없네."

* * *

내가 버넷트 로드에 다시 가까이 다가갔을 때, 하늘을 가로지르며 새벽의 창백한 회색빛이 스며 나오고 있었다. 내 옆에는 스코틀랜드 야드(영국 런던 경찰국의 별칭)의 토비아스 그렉슨 경위가 앉아 있었다. 상당히 효율적으로 움직이고 전문성도 있어 홈즈가 '스코틀랜드 야드 형사 중 가장 영리한 사람'이라고 부르는 그렉슨이 놀라울 정도로 재빨리 행동에 나선 것이다. 우리가 탄 마차의 뒤쪽에서는 여섯 명의 순경을 태우고 상인의 화물 마차로 가장한 경찰 마차가 따르고 있었다.

우린 104번지에서 좀 떨어진 곳에 마차를 세웠다. 그렉슨은 대문 옆에서 여전히 망을 보고 있는 홈즈의 여윈 형체를 발견하고는, 홈즈와 상의하는 동안 들키지 않도록 조용히 대기하라고 부하들에게 지시했다.

"이렇게 와줘서 고맙군요, 그렉슨." 내 친구는 그렉슨과 악수를 하며 다정하게 말했다.

"홈즈 씨, 선생이 과거에 한 번도 잘못된 경보를 울린 적이 없다는 건 잘 알고 있지만, 여기까지 우릴 부른 적절한 이유가 있었으면 좋겠습니다."

키가 훌쩍 큰 금발의 형사가 경찰 마차 쪽으로 고개를 기울였다.

"당연히 있죠, 그렉슨. 자세한 이야기는 나중에 시간을 내서 말하겠지만, 지금은 저 집을 차지하고 있는 자들이 외국에서 온 무정부주의자들이고 이미 루리타니아 왕실에서 이곳으로 파견한 고위관리를 살해했다는 것으로 충분하지 않을까 싶군요."

그렉슨의 창백했던 얼굴에 안도하는 표정이 떠올랐다가 이내 무슨 뜻인지 알겠다는 미소가 피어올랐다.

"좋습니다, 홈즈 씨. 선생은 어떤 계획을 가지고 있습니까?"

"이곳을 아무도 벗어나지 못하도록 당신의 부하들을 집 앞과 뒤에 배치한 다음 당신과 왓슨, 그리고 나는 집 안으로 쳐들어갈 겁니다. 놈들이 지하저장고에 아이 한 명을 잡아두고 있는데, 그 아이를 무엇보다도 최우선적으로 보호해야 합니다."

그렉슨은 이것저것 질문하지 않고 지시에 따라 행동하길 원하는 내 친구의 방식에 익숙해져 있는 사람이었다. 몇 분 후, 우중충한 도로로부터 컴컴한 야밤의 베일을 걷어 올린 새벽을 맞으며 우린 행동할 준비를 끝냈다.

"앞문에는 빗장이 질러져 있으니 좀 궁색하게 창문을 통해 집 안으로 들어가야 합니다."

홈즈가 정원에서 큰 돌멩이를 집어 들며 말했다. 홈즈가 그 돌멩이를 옆쪽 창문으로 집어 던졌고, 창문은 그 충격으로 박살이 났다. 창틀에 박힌 채 아직도 삐쭉삐쭉 얼굴을 내밀고 있는 유리 조각들을 권총 개머리로 날려버리고 우린 어두운 집 안으로 기어들어 갔다.

집 안으로 들어오면서 낸 소음 때문에 거주자들은 이미 준비를 단단히 하고 있었다. 위층에서 입을 손으로 가리고 내는 듯한 고함과 부산하게 움직이는 소리가 들렸다. 홈즈를 선두로 해서 우린 거실에서 복도로 달려나갔고, 계단 아래쪽에 도착했을 때 웬 형체 하나가 층계참에 모습을 드러냈다. 녀석이 들어 올린 손에서 노란색 불꽃이 번쩍거렸고, 이어 총소리가 들렸다. 내 머리 위로 총탄이 휘파람 소리를 내며 지나가더니 뒤쪽에 있는 벽에 맞고 튀어나왔다.

홈즈가 즉시 반격에 나섰다. 위쪽에 있던 녀석은 고통에 찬 비명을 내지르고 오른쪽 어깨를 움켜쥐더니 그림자 속으로 몸을 감췄다. 우린 천천히 계단을 밟고 위로 올라갔고, 층계참에 도달하자 홈즈가 손을 들어 멈추도록 했다. 아침 햇살이 집 안으로 들어오려고 무진 애를 쓰고 있었지만, 계단 위쪽은 여전히 어둠에 잠겨 있었다.

급작스럽게 우리의 오른쪽이 어수선해지더니 또 한 발의 총소리가 울려 퍼졌다. 그렉슨이 헉 소리를 내며 무릎을 꿇더니 벽을 등지고 털썩 주저앉았다. 홈즈와 내가 그렉슨에게로 눈을 돌리는 순간, 갑자기 어디에선가 여자 하나가 미친 듯이 날뛰며 모습을 드러냈다. 그 여자는 분노에 찬 비명을 내지르며 홈즈에게 달려들었다. 그 여자의 공격이 워낙 돌발적인 데다가 맹렬해서 홈즈는 제대로 방어를 하지 못했고, 실랑이를 벌이는 도중에 권총을 손에서 떨어뜨리고 말았다.

나는 순간적으로 이 악마 같은 여자의 공격에 넋을 잃고 말았다. 이 여자는 거대한 조류의 무시무시한 발톱 같은 손가락으로 홈즈의 얼굴을 할퀴며 얼굴 가죽을 벗겨낼 듯이 잡아 뜯었다. 홈즈는 여자의 팔목을 움켜쥐고 손톱이 얼굴에 닿지 않게 하려고 안간힘을 썼고, 두 사람은 계단 난간으로 넘어졌다. 난간은 충격을 이기지 못하고 불길한 신음을 터뜨렸다. 나는 또다시 들려오는 총소리에 일시적인 마비상태에서 깨어났다. '체크무늬 모자'가 복도 오른쪽에 있는 방에서 다른 방으로 내달리는 모습이 눈에 들어왔다. 흐릿한 형체를 겨냥했지만, 채 방아쇠를 당기기도 전에 녀석은 어둠 속으로 빨려 들어가 버렸다.

홈즈는 여전히 여자와 몸싸움을 벌이고 있었다. 여자는 악령에 씌우기라도 한 듯 손톱을 바짝 세워 마구 휘둘렀고, 홈즈의 두 눈은 당장에라도 잘려나갈 듯이 위태로워 보였다. 홈즈의 오른쪽 뺨에는 이미 한 줄기 핏자국이 나 있었다. 여자는 싸우는 도중에 새된 목소리로 듣기에도 민망한 욕설을 쉬지 않고 내뱉었다. 두 사람이 또다시 난간에 부딪히자, 난간이 그들의 무게를 이기지 못하고 바깥쪽으로 배를 불리다가 연신 불만을 토하는 듯한 비명을 내지르더니 딱 소리와 함께 톱밥을 흩날리며 부러졌다. 두 사람의 몸뚱이는 시간이 정지한 것처럼 잠시 계단 끝자락에서 균형을 유지하다가 아래층으로 떨어지려고 했다.

나는 잽싸게 앞으로 뛰어나가 홈즈를 거머쥐었다. 그의 코트 한 자락을 움켜쥐자마자 그의 발이 중심을 잃기 전에 층계참으로 우악스럽게 잡아당겼다. 하지만 여자는 겁에 질려 홈즈를 붙잡고 있던 손을 놓아버렸고, 이제는 필사적으로 양팔을 허우적거리며 허공을 움켜쥐려고 했다. 여자는 잔뜩 겁에 질린 비명을 지르며 계단 끝에서 몸을 뒤로 젖히고 아래로 떨어졌다. 악몽에서나 나올 듯한 모습으로 발악적으로 팔을 휘젓다가 바닥에 떨어져 박살이 났다.

"고맙네, 왓슨."

홈즈는 간신히 몸을 가누며 숨을 헐떡거렸다. 홈즈는 권총을 찾아 다시 집어 든 다음, 쓰러져 있는 형사에게로 주의를 돌렸다. 그렉슨은 다행히 정신을 잃지 않은 상태로 자신의 무릎을 움켜쥐고 있는데 손가락 사이로 한 줄기 피가 흘러내리고 있었다. 나는 계단 맨 위쪽에 몸을 웅크리고 그렉슨의 상처를 살폈다.

"지금은 내게 신경 쓸 필요 없어요, 왓슨."

그렉슨은 끙끙거리며 말했다.

"죽지는 않을 테니까요."

"움직일 수 있나요?" 내가 물었다.

"좀 불편하긴 합니다."

그렉슨은 자세를 조금 바꾸며 얼굴을 찡그렸다.

홈즈가 내 옆에 무릎을 꿇고 앉았다.

"그렉슨, 우리가 나머지 두 놈을 처리할 때까지 당신은 이곳에 있는 게 나을 것 같네요."

"당연히 그래야죠. 제게도 권총이 있습니다. 제가 이곳에서 보초를 서죠. 그 어떤 놈도 저를 지나서 가도록 놔두지 않겠습니다."

갑자기 우리 뒤쪽에서 들려오는 소리 때문에 대화가 더 이상 이어지지 않았다. 고개를 돌리는 순간, 두 개의 시커먼 형체가 우리에게 덮쳐들고 있었다. 무릎을 꿇고 있는 홈즈에게 '체크무늬 모자'가 구둣발을 날렸지만, 홈즈는 아주 세련된 솜씨로 살짝 옆으로 피하면서 습격자의 발을 움켜쥐었다. 홈즈는 휙 몸을 돌리며 습격자의 발을 잡아당겨 그를 머리부터 계단에 떨어지도록 날려버렸다. 그러는 동안, 벽에 바짝 붙어 누워 있던 그렉슨은 다른 한 명을 권총으로 쏴버렸다. 총을 맞은 녀석은 가슴을 움켜쥐고 이리 비틀 저리 비틀하다가 바닥에 쓰러졌다. 이미 숨이 끊어진 상태였다.

'체크무늬 모자'가 재빨리 몸을 일으키고 뒤로 물러섰다.

"저 녀석이 소년을 손에 넣도록 놔둬서는 안 돼!" 홈즈는 소리 지르며 계단을 뛰어 내려갔다. 나도 부리나케 뒤쫓아갔다.

'체크무늬 모자'는 지하 저장고 문 앞에 도달하자 우리 쪽을 향해 돌아서서 아무렇게나 총질을 해댔다. 우린 여기저기에 맞고 튀는 총탄들을 피하려고 벽에 딱 달라붙을 수밖에 없어 걸음을 멈춰야만 했다.

아주 잠깐 지체한 것이지만, 녀석은 그 틈을 타서 지하 저장고 안으로 뛰어들어가 문을 쾅 닫았다. 홈즈는 득달같이 달려나가 안쪽에서 빗장을 지르기 전에 문으로 몸을 날렸다. 홈즈의 강력한 몸통박치기로 문이 활짝 열리면서 안쪽에 서 있던 '체크무늬 모자'를 강하게 밀어붙였다. 충격을 받은 녀석은 균형을 잃었고, 비틀거리며 뒷걸음질로 계단을 내려갔다. 난간을 붙들고서야만 간신히 넘어지지 않을 수 있었다.

계단을 다 내려간 녀석은 몸을 가누며 어둑어둑한 실내를 두리번거리며 권총을 들어 올렸다. 하지만 녀석이 겨냥하는 것은 뒤를 쫓는 홈즈나 내가 아니라 지하 저장고의 안쪽에 놓인 거친 천 조각으로 만든 침대에서 웅크리고 있는 희미한 형체였다. 홈즈의 리볼버에서 날카로운 소리와 함께 불빛이 번쩍였고, '체크무늬 모자'는 비틀거리며 우리를 힐끗 쳐다보더니 눈동자가 위로 올라가며 흰자위를 드러낸 채 돌 바닥에 나자빠졌다.

얼른 녀석 곁으로 다가가서 희미한 잿빛 햇살의 힘을 빌려 내려다보니 이미 숨을 거둔 상태였다.

"적어도 잽트의 복수는 한 셈이군."

나는 혼잣말로 중얼거렸다.

홈즈는 아무 말도 하지 않고 꿈적도 하지 않는 소년을 살펴보려고 그쪽으로 달려갔다. 소년의 곁에 무릎을 꿇고 앉은 내 친구는 소년의 얼굴을 옆으로 돌렸다. 오른쪽 뺨에 난 시커먼 멍 자국을 제외하고는 아무 이상이 없었고, 그저 안색이 좀 창백할 뿐이었다. 눈꺼풀이 불규칙적으로 떨렸지만, 눈을 뜨지는 않았다.

"마취를 당한 건가, 왓슨?"

나는 소년의 맥박을 재며 눈꺼풀을 들어 눈동자를 살폈다.

"맞네. 심하게 마취를 당했지만, 다른 이상은 보이지 않는군."

"정말 다행이야!" 홈즈는 계단이 시작되는 곳에 쓰러져 있는 시체를 내려다봤다.

"오늘 대혈전을 벌인 셈이로군."

그는 마치 자신에게 말하는 것처럼 조용히 속삭였다. 잠시 침묵하던 홈즈가 근심이 가득한 찌푸린 얼굴로 나를 쳐다봤다.

"왓슨, 우리가 소년을 구해내고 잽트의 복수를 했지만, 수사에 도움이 될 중요한 정보를 제공해줄 녀석을 한 명도 생포하지 못했네. 이제 이 난해한 사건의 다음 실마리를 우리 스스로 찾아 나서야 할 판이로군."

⚜

7장

가족의 재회

우리 시대의 가장 뛰어난 탐정과 함께하는 생활이 결코 따분할 리가 없었지만, 홈즈와 함께 사건 수사에 뛰어들 때면 나는 때론 마치 전혀 다른 차원으로 들어간 것처럼 감각들이 고조되는 경험을 하곤 했다. 그때는 아주 꿈을 꾸는 듯한 느낌이었는데, 모든 두려움이 싹 사라지고 모든 신경이 한층 더 민감해지고 두뇌가 훨씬 더 빠른 속도로 작동됐다. 친구와 함께한 수많은 모험을 기록하면서 이런 느낌을 한 번도 언급하지 않았다는 게 이상하긴 했지만, 그렇다고 해서 그 모험들을 전달하는 데는 털끝만큼도 영향을 미치지 않았다고 확신했다. 홈즈가 다룬 사건들을 순차적으로 발표한 내 문학 작품을 홈즈 자신이 조롱하고 폄하하는 가장 큰 이유는 홈즈의 말대로 하자면, 바로 이 로맨틱한 분위기였다.

한 번은 홈즈가 이 점을 혹평했다.

"자넨 일련의 강의가 돼야 했던 것들을 이야기 나부랭이로 전락시켰어. 모든 사물에 있어서 실질적으로 유일하게 중요한 특징인, 원인에서 결과까지의 엄격한 추론을 기록하는 것으로 만족했어야 하는데, 모든 문장에 일일이 색채와 생명을 불어넣는 실수를 저지른 걸세."

홈즈가 존재하는 이유라고 할 수 있는 '엄격한 추론'이 너무 높게 설정되어 있어 자신이 벌인 수사의 극적인 결과를 인식하지 못할 때도 가끔 있었다. 내가 그 사건들에 '색채와 생명'을 부여한 것이 아니라, 이미 존재하고 있었다. 셜록 홈즈는 지적인 동물이고, 수사를 벌이면서 자극받는 건 그의 정신이었다. 일단 게임이 시작되면 내가 살아 있다는 걸 새삼 알게 해주는 그런 감정을 홈즈는 느끼지 못했다. 나는 이번 헨차우 사건에서 이전과는 사뭇 다를 정도로 강력한 느낌을 받았다. 채링 크로스 호텔로 폭풍우가 몰아치듯 마차를 타고 달려간 이후로 놀라운 사건들이 꼬리를 물고 일어나는 것처럼 보였다. 이제 더 맑고 차분한 마음가짐으로 이 사건을 회상해봐도 그때 느꼈던 가슴 떨리는 흥분과 소용돌이치는 위험이 여전히 되살아났다.

이스트엔드에서 극적인 모험을 하고 나서 두어 시간이 흐른후, 홈즈와 나는 베이커 가 하숙집의 정겨운 환경으로 되돌아갔다. 그렉슨 경위는 총상을 치료받기 위해 경찰병원으로 이송됐고, 세 구의 시체는 스코틀랜드 야드의 영안실로 옮겨졌다. 소년은 우리가 베이커 가로 데려왔다. 홈즈는 잠시 우리가 소년을 데리고 있겠다고 그렉슨에게 통보했고, 형사는 총상 때문에 너무 약해져 있어 어떤 반대 의견도 내놓지 못했다. 아직도 마취를 당해 정신을 차리지 못하는 소년은 집주인인 허드슨 부인의 다정한 간호를 받게 됐고, 부인은 아래층의 응접실에 소년을 위한 침대를 마련해줬다.

하숙집에 도착하자마자, 나는 총격전까지 벌인 모험과 잠을 자지 못해 생긴 피로를 해소하기 위해 휴식을 취하려고 했지만, 홈즈는 전혀 그런 기색을 보이지 않았다. 그는 여러 가지 일들을 신속하게 해치웠다. 자신의 현미경과 확대경을 동원해서 소년의 겉옷 일부와 쟵트의 객실에서 습득한 물품들을 세밀하게 검사했고, 두 통의 전보를 보냈으며,《버크 작위연감(Burke's Peerage)》과 《토마스 쿡 유럽 철도시간표(Thomas Cook Continental Timetable)》를 뒤적거리며 만족스러운 신음을 터뜨렸고, 중앙 유럽 지도를 자세히 살폈다. 나는 홈즈가 자기 생각에 골몰한 나머지 내가 여전히 의문을 품고 있는 몇 가지 사항에 대해서 질문한다고 해도 대꾸도 하지 않을 것이라는 걸 잘 알고 있었다.

홈즈가 푸짐한 아침 식사를 마치고 난로 가에 놓인 자신의 의자에 털썩 주저앉아 파이프에 불을 붙인 게 오전 10시였다.

"모든 게 잘 풀린다면," 홈즈는 기다란 다리를 불 앞으로 쭉 뻗으며 말했다.

"이 사건과 관련된 애매한 점 한두 가지가 정오까지는 만족스러울 정도로 말끔히 밝혀질 걸세. 그때까지 조용히 담배를 피우면서 휴식을 취하면 되겠지."

홈즈는 더 이상 말하지 않고 의자에 몸을 파묻고 낡은 브라이어 파이프를 입에 문 채 푸른 색 담배 연기가 피어오르는 천장 한쪽 귀퉁이를 명상에 잠긴 눈길로 멍하니 올려다봤다. 아침 햇살이 매부리코의 강퍅한 얼굴 위로 떨어져도 꼼짝도 하지 않고 앉아 있었다. 홈즈의 그런 모습을 보며 꿈나라로 휩쓸려 들어갔던 나는, 문을 두드리는 가벼운 노크 소리와 허드슨 부인의 등장에 눈을 떴다.

"애가 몸을 뒤척이고 있어요, 홈즈 씨. 닥터 왓슨과 함께 가서 살펴봐야 할 것 같아요."

우린 허드슨 부인을 따라 소년이 소파 위에서 여러 장의 담요를 덮고 누워 있는 안락한 응접실로 들어갔다. 소년은 열 살 정도 되어 보였다. 강인한 얼굴에 적갈색 머리카락이 풍성했으며, 마취약을 먹고 빠져든 잠에서 막 깨어나려던 참이었다. 정신을 차리려고 안간힘을 쓰는지 찌푸려진 눈꺼풀이 연신 떨렸다.

"이건 자네의 전문 분야일세, 왓슨."

홈즈는 내가 소년을 살펴볼 수 있도록 한 걸음 옆으로 비켜섰다.

"맥박이 점차 강해지고 있군."

소년을 언뜻 보기만 해도 알 수 있었다.

"블랙커피를 마실 수만 있다면 훨씬 더 빨리 깨어날 것이네."

"그건 내가 할게요, 닥터." 허드슨 부인이 얼른 나섰다.

"정말 아주 오랜만에 아이를 돌보네요."

홈즈가 얼굴 가득 미소를 지었다.

"지금까지 부인께서 보여줬던 수많은 아름다운 품성에 간호 천사라는 점을 더해야 하겠는데요. 왓슨, 간호는 재능이 뛰어난 허드슨 부인에게 맡겨두세. 사실, 우리가 여기 있어봐야 방해나 되지 않을지 모르겠네."

허드슨 부인은 흐뭇함과 분노가 뒤섞인 특유의 눈길로 홈즈를 쌔려봤다. 부인은 제멋대로 구는 이 하숙인에게 무한한 존경과 사랑을 보내고 있었지만, 그렇다고 해서 가끔 못마땅한 점이 있을 때도 그냥 속으로 삼켜버리는 그런 사람은 아니었다.

"두 사람 다 나가세요." 부인은 손을 내저으며 우릴 내쫓았다.

"자네도 알다시피, 나는 대체로 여자를 존경하거나 하진 않네." 우리가 사용하는 거실의 난로 곁으로 돌아왔을 때 홈즈가 입을 열었다.

"하지만 허드슨 부인은 그런 범주에 넣을 수 없는 숙녀일세. 의심할 바 없는 여성의 귀감이라고 할 수 있지."

홈즈의 감상적인 말에 내가 뭐라고 대꾸를 하기도 전에 계단을 쿵쾅거리며 올라오는 소리가 들리고, 이어 문이 발칵 열렸다. 문틀을 꽉 채우다시피 하고 서 있는 사람은 키가 크고, 체격이 건장하며, 프록코트를 차려입고, 실크해트를 쓰고 있었다. 그 사람은 방 안으로 한 걸음 들어서며 우리 두 사람을 번갈아

처다보더니 결국 내 친구에게 고통에 찬 눈길을 고정했다.

"그 아이가 어디에 있습니까?"

침입자가 소릴 질렀다. 방 안으로 들어올수록 분노가 더 치미는 듯 똑같은 질문을 연거푸 내질렀다.

홈즈가 의자에서 일어서서 방문객이 어떤 반응을 보이기도 전에 그의 팔을 거머쥐고 난로 가의 의자로 안내했다. 방문객의 큼지막하고 잘생긴 얼굴에는 잠을 자지 못해 생긴 피로와 걱정, 혼란스러움이 가득했는데, 핏발이 선 눈에 서려 있던 분노의 불길이 사라지면서 고통스러운 불안감이 그 자리를 채웠다. 그 사람은 의자에 앉자마자 코트 안쪽을 뒤적거리더니 구겨진 전보용지를 꺼내 내 친구에게 흔들어댔다.

"이게 도대체 무슨 뜻이오?"

이번에도 소릴 지르긴 했지만, 이번에는 그의 목소리에서 허세가 사라지고 절망에 사로잡혀 바르르 떨렸다.

홈즈는 그 전보 용지를 가로채 내게 던졌다. 전보의 내용은 '니콜라스는 안전하다. 베이커 가 221B, 셜록 홈즈'라고 되어 있었다.

"벌레스던 경, 전보가 허위가 아니라는 점을 약속드릴 수 있습니다. 아드님은 아무 이상이 없으며, 곧 경의 곁으로 오게 될 겁니다."

벌레스던경은 흐느끼며 의자에 몸을 파묻었다.

"하느님, 감사합니다." 그는 큰 소리로 기도를 올렸다.

"정말로 감사합니다."

"이 귀족께는 브랜디를 한 잔 대접해야 할 것 같네, 왓슨."

방문객에게 원기회복제를 즉시 대령했고, 그는 연신 고맙다고 하며 술잔을 받자마자 호박색 액체를 단숨에 마셔버렸다.

"사과를 드려야겠군요." 마침내 방문객이 입을 열었다.

"이렇게 꼴사나운 모습을 보였으니 말입니다. 하지만 집사람과 나는 이 빌어먹을 일이 벌어진 이후로 극도의 스트레스에 시달렸던 터라⋯⋯."

"충분히 이해합니다." 홈즈가 말을 받았다.

"그리고 아드님인 니콜라스가 안전하다는 걸 약속드립니다. 멍이 두어 군데 들었을 뿐 다른 상처는 입지 않았고, 지금은 마취 상태에서 회복되고 있습니다."

벌레스던 경의 얼이 빠진 얼굴에 두 가지의 혼합된 감정이 표출됐다. 눈에는 눈물이 글썽글썽 차오르면서 입은 함박웃음으로 크게 벌어졌다.

"선생께 어떻게 감사의 말을 드려야 할지 모르겠군요."

"몇 가지 질문에 대답해주시고, 좀 애매한 점을 밝혀주시는 것으로 충분합니다." 홈즈는 다시 무심한 추론가의 가면을 뒤집어쓰고 담담하게 말했다.

"당연히 해드려야죠." 벌레스던 경은 흔쾌히 대답했다.

"전 아드님의 납치와 관련해서 대략적인 사건 전모를 파악하고 있습니다. 제 생각을 말씀드릴 테니 제가 잘못된 부분이 있으면 바로잡아주시고, 빠진 부분을 보충해주실 수 있으신가요?"

방문객은 고개를 끄덕였다.

홈즈는 의자에 몸을 파묻고 집게손가락을 마주 세워 삼각형의 첨탑 모양을 만들었다.

"2, 3일 전에 아드님의 행방이 묘연해졌습니다. 나중에 납치됐다는 말을 듣게 되죠. 납치범들의 대표라는 작자가 찾아와 마침 경을 방문하러 와서 마을에 머물고 있는 동생인 루돌프 라센딜과 만나게 해달라고 요청했습니다. 납치범들이 아드님을 안전하게 돌려보내는 대가로 요구한 게 바로 동생분의 협조였죠. 라센딜은 내키지는 않았지만, 납치범들의 요구에 응해 대표라는 녀석과 함께 떠났습니다. 녀석은 동생분이 해야 할 일을 완수한 후에 아드님을 풀어줄 것이고, 그때까지 동생분의 행방이나 아드님의 처지에 대해서는 입도 뻥긋하지 말라고 단단히 못을 박았습니다. 그렇지 않으면 두 사람을 다시는 보지 못할 거라는 말도 함께요."

벌레스던 경은 너무나 놀란 나머지 입을 딱 벌렸다.

"정말 딱 그대로였소, 홈즈 씨. 도대체 어떻게 그런 걸 다 알고 있는 겁니까?"

"이미 획득한 자료에 근거를 둔 일련의 추리와 관찰을 통해서죠. 그건 그리 중요하지 않습니다. 제가 말씀드린 것에 혹시 덧붙일 거라도 있나요?"

"거의 없어요. 방금 선생이 설명한 그대로 일이 진행됐으니까요. 납치범들의 대리인이라는 작자가 우릴 찾아와서⋯⋯."

"녀석의 인상착의는요?"

"키가 180센티미터를 훌쩍 넘는 녀석인데, 태도가 꼿꼿한 게 군인 냄새가 나더군요. 테가 무척 넓은 모자를 얼굴이 다 가리도록 끌어내려 쓰고 있어서 인상이 어땠는지는 알아볼 수가 없었죠. 사실, 니콜라스에 대한 걱정으로 너무 심란했던 터라 그런 것에는 전혀 신경을 쓰지도 못했고요. 시커먼 턱수염이 텁수룩하더군요. 그런데 그게 가짜일 수도 있겠다는 생각이 퍼뜩 들긴 했었고요."

경은 말을 멈추고, 홈즈의 편의를 위해 더 말할 것이 없는지 머릿속 깊은 곳에 파묻힌 기억의 조각들을 끌어모으기 위해 미간을 찌푸렸다.

"아, 한 가지가 있군요." 경은 한참 생각한 후에 입을 열었다.

"날 찾아온 녀석이 당연하다는 듯이 자신의 이름을 밝히지 않았는데, 작은 셔룻(필터 없는 궐련)을 필 때 내놓은 담배 케이스에 'H.H.'라는 이니셜이 찍혀 있는 걸 봤습니다."

홈즈는 만족스럽다는 듯 고개를 끄덕였다.

벌레스던의 말이 이어졌다.

"선생이 아까 말한 대로, 이 녀석은 루돌프와 단둘이 얼마 동안 이야기를 나눴습니다. 동생은 내 아들이 무사히 돌아올 수 있도록 녀석과 함께 떠나는 데 동의했습니다. 그게 이틀 전이었죠. 그때 이후로 아무런 연락을 받지 못했고요."

"경께서는 납치범들의 정체라든지, 혹은 녀석들이 동생분에게 무엇을 요구했는지 모르십니까?"

벌레스던 경은 고개를 가로저었다.

"네, 전혀 모릅니다. 이 모든 게 마치 끔찍한 악몽처럼 느껴질 뿐입니다."

내 친구의 눈이 반짝반짝 빛나는 걸로 봐서 벌레스던 경이 루리타니아와의 관계를 알아차리지 못해 기뻐하는 것 같았다.

"동생분과 만나야겠다며 경을 방문한 사람이 더 있었습니까?" 내가 아무 일도 아니라는 듯 슬쩍 물었다.

벌레스던이 내 쪽으로 얼굴을 돌렸다.

"아, 그러고 보니 그런 일이 있었네요. 아마 동생이 루리타니아로 여행을 갔을 때 알게 된 것 같은 사람이 찾아왔었는데 그냥 돌려보내야만 했죠. 동생이 없어졌다는 사실을 밝힐 수가 없었으니까요."

홈즈가 의자에서 일어섰다.

"경께서 정성을 다해 제가 내린 결론을 확인하는 걸 도와주신 데 대해서 진심으로 감사드립니다. 불행히도 제가 경께 똑같이 해드릴 수는 없습니다. 동생분의 행방이나 아드님의 납치사건 뒤에 도사리고 있는 여러 가지 책략들이 당분간은 비밀로 남아 있어야 하니까요. 이 시점에서 이미 말씀드린 것 이상의 정보를 털어놓을 수는 없습니다. 동생분의 생명은 여전히 심각한 위험에 처해 있고, 이번 사건과 관련해서 경께서 입을 다물고 있어야 동생분의 안전이 보장된다는 점을, 제가 동생분의 생명을 구할 기회라도 가질 수 있다는 점을 꼭 당부드리고 싶군요."

방문객은 잠깐 망설이며 홈즈를 빤히 쳐다보다가 결국 동의한다는 듯 고개를 살짝 숙였다.

"좋습니다, 홈즈 씨, 부탁하신 대로 하겠습니다. 하지만 루돌프에 관한 어떤 소식을 듣더라도 제게 연락해주시기를 간절히 바랍니다."

"그 점은 전혀 걱정하시지 않아도 됩니다. 이제, 아드님을 품 안에 안겨드릴 시간이 된 것 같군요."

우리가 허드슨 부인의 응접실로 들어섰을 때, 소년은 몸을 일으키고 앉아서 머그잔에 담긴 커피를 홀짝거리고 있었다. 소년은 아버지를 보자마자 환호성을 질렀다.

정말 감동적인 재회였다. 아버지와 아들의 눈에서는 눈물이 줄줄 흘러내렸고, 허드슨 부인과 나는 그 광경을 지켜보며 가슴이 뭉클했다. 하지만 감정이야말로 명쾌한 사고를 하는 데 있어 일종의 장애요인이라고 입버릇처럼 말하는 셜록 홈즈는 마지막 작별인사와 안심시키는 말을 내게 맡겨놓은 채 일찌감치 거실로 올라가 버렸다.

내가 위층으로 돌아왔을 때, 홈즈는 생각에 잠겨 불꽃을 멍하니 쳐다보고 있었다.

"끝이 좋으니까 다 좋구먼."

나는 홈즈의 몽상을 깨뜨리며 말했다.

"그 부자간이야 그렇겠지. 하지만 왓슨, 왕실이 관련된 이 드라마에서 우리의 역할은 아직 끝이 보이지 않아 아쉽구먼."

"어디, 말 좀 해보게."

나는 홈즈의 맞은편에 앉으며 설명을 요구했다.

"자넨 그 소년이 벌레스던의 아들이자 라센딜의 조카라는 걸 처음부터 쭉 알고 있었나?"

"그게 논리적인 가설처럼 보였거든. 루돌프 라센딜에 대해서 잽트가 우리에게 말해준 바로는, 어떤 물리적인 무력을 사용한다고 하더라도 루퍼트의 계획에 협조할 리가 없다는 게 분명했잖나? 그는 아무리 강요한다고 하더라도 엘프베르크 왕실을 끌어내리는 데 참여하기보다는 차라리 죽음을 택했을 걸세. 왕실이 몰락하면 플라비아 왕비의 목숨도 온전하지 못할 가능성이 있어 라센딜의 저항을 한층 더 부추겼겠지. 따라서 라센딜의 협조를 얻어내기 위해서는 더욱더 교묘하고 기만적인 방법이 동원되어야 하네. 버넷트 로드의 그 집에 잡혀 있는 소년을 발견하자마자 모든 퍼즐 조각이 제자리를 찾아 들어간 걸세. 나는《버크 작위연감》을 샅샅이 꿰고 있어 벌레스던 경에게 자식이 한 명 있는데, 바로 그 나이 또래의 소년이라는 걸 떠올렸네. 그 사실이 맞는지와 소년의 이름을 확인하고, 바로 벌레스던 경에게 전보를 쳤지. 라센딜에게 직계가족이 없으므로 필사적인 게임에서 라센딜이 청색당의 편에 서서 행동하도록 강요하기 위해 형님의 아들이 장기판의 졸 신세가 된 셈이라네. 벌레스던 경이 동생의 행방을 모른다고 딱 잡아뗐을 때 거짓말인 게 분명하다고 믿었던 잽트의 말이 기억나나? 벌레스던 경을 그렇게 하도록 강요하는 어떤 이유가 있었을 게 분명하네. 경의 아들을 납치한 게 바로 그 원인이었던 걸세."

"그렇다면 라센딜이 조카의 목숨을 구하기 위해 억지로 루퍼트의 부하를 따라갔다는 건가?"

"틀림없는 사실일세. 그리고 이제 그 사람은 한 점의 의혹도 없이 헨차우의 루퍼트 손아귀에 단단히 잡혀 있다네."

"루리타니아에 말인가?"

"그런 것 같아. 라센딜의 조카가 안전하다는 사실은 이제 그에게 아무런 도움이 되지 않을 걸세."

"그렇다면 이제 모든 게 끝장이 난 거로군."

"아, 그런 게 아니네, 왓슨. 절대로 그런 말은 하지 말게. 녀석들이 비록 이틀 정도 우릴 앞질렀지만, 보헤미아의 국왕이 루리타니아를 국빈 방문할 때까지 루퍼트 백작이 쿠데타를 일으키지는 않을 거로 생각하네. 따라서 아직은 우리에게 약간의 시간적인 여유가 있는 셈이지. 자네가 나와 함께 루리타니아로 게임을 하러 가겠는지에 달렸지만……."

"이 사건의 결말을 꼭 지켜보고 싶네."

"잘됐군. 오늘 저녁 5시 15분에 떠나는 대륙행 열차가 있어. 그걸 꼭 타야만 하네."

머릿속이 빙빙 돌았다. 우리가 벌이는 수사의 다음 단계는 논리적인 순서에 따라 당연히 라센딜의 흔적을 추적하는 것이겠지만, 그 결과에 대한 전망이 전혀 신통치 않아 겁이 덜컥 났다. 나는 친구의 풍부한 지략과 용기와 능력을 극히 높게 평가하고 있긴 하지만 종국에 가서 우리의 임무가 성공적으로 끝날 수 있을까에 대해서 의문이 드는 건 어쩔 수 없었다. 공식적인 권력도 없고 지원도 받지 못하는 두 명의 영국인이 어떻게 광적인 혁명 세력에 맞서서 왕국이 전복되는 걸 막아낼 수 있을까? 이 사건이야말로 셜록 홈즈가 맞이하는 최대의 도전이며, 홈즈가 정말로 잘 처리할 수 있을까 하는 의문이 들었다.

허드슨 부인이 집에 도착한 전보를 우리 거실로 가지고 들어오면서 나는 사색에서 깨어났다. 홈즈는 그 전보를 기다리고 있었던 듯 얼른 받아들었다. 내용을 다 읽고 난 다음, 전보를 찢어버리며 만족스럽다는 듯 뭐라고 중얼거렸다.

"얼른 옷을 차려입게나, 왓슨."

홈즈가 자신의 회중시계를 들여다보며 말했다.

"한 시간 후에 점심 약속이 잡혔네. 디오게네스 클럽에서."

8장

디오게네스 클럽

디오게네스 클럽을 방문하는 것은 홈즈의 놀라운 형님인 마이크로프트를 만날 때뿐이었다. 어딘가에 기록해뒀을 업적인 '그리스 인 통역사' 사건을 수사하던 중인 11년 전쯤에 그분을 소개받았었다.

마이크로프트 홈즈는 내 친구와 마찬가지로 비범한 지적 능력의 소지자였는데, 홈즈는 형님의 관찰 및 추리 능력이 자신보다 훨씬 더 뛰어나다고 줄곧 말했다. 하지만 마이크로프트는 탐정 업무에 전혀 흥미를 보이지 않았다.

"형님은 그쪽 방면으로는 전혀 욕심이 없는 데다가, 무엇보다도 단서를 찾아내서 그것이 무엇인지를 입증하기 위해 쫓아다닐 에너지가 없는 게 분명하네."

마이크로프트가 몸집이 작은 고대 그리스어 통역사 멜라스 씨의 문제를 우리에게 소개했을 당시에, 마이크로프트가 정부의 어떤 기관에서 회계감사원으로 일하고 있다는 소리를 들었었다. 하지만 시간이 흘러 마이크로프트를 더 많이 알게 되자, 처음에 들었던 것보다 훨씬 더 중요한 지위에 있다는 걸 깨달았다. 정부 내에서 커다란 권력을 가지고 있는 게 분명했다. 마이크로프트 는 머리가 특이할 정도로 우수하고, 지식의 깊이와 범위가 남달 라서 국내의 정책뿐만 아니라 국가 간의 조약을 결정하는 데 있 어서 강력한 영향력을 행사했다. 이런 이유로 우리가 점심에 초 대된 것은 단순한 사교적인 행사나 형제간의 만남을 위한 것이 아니라 유럽의 정치 상황, 특히 루리타니아의 정치 상황 때문일 거라고 생각했다.

전보를 받고 한 시간이 채 지나기도 전에 홈즈와 나는 즐거운 점심 약속을 지키기 위해 길을 나선 여느 런던 사람들과 마찬가 지로 느긋하고 태평하게 세인트 제임스 공원의 끝에서 팰맬 가 (Pall Mall. 영국 런던의 웨스트민스터에 있는 거리 이름으로, 세인트 제임 스 공원의 북쪽, 세인트 제임스 왕궁에서 트래펄가 광장 서쪽 끝 근처까지 통한다)로 접어들어 디오게네스 클럽을 향해 걸어가고 있었다. 우릴 스쳐 지나가는 수많은 사람이 아무리 주의 깊게 쳐다봤다 하더라도 우리가 가진 비밀이나 우리 앞에 놓인 힘겨운 임무를 눈치채진 못했을 것이다. 사실, 화창한 가을날에 9월의 가벼운 산들바람을 얼굴에 맞으며 걷는 홈즈와 나의 모습은 식전에 운동 삼아 걷고 있는 속 편한 신사들로 보였을 게 틀림없었다. 목적지에 가까워지자 이상하게 긴장이 풀어지고 마음이 편해졌다는 점을 고백해야겠다.

칼턴 클럽(Carlton club, 영국 보수당 본부)에서 약간 떨어진 곳에 디오게네스 클럽의 입구가 있었다. 이곳은 런던에서 가장 기묘한 클럽으로, 사교성이 전혀 없는 신사들의 편의를 위해 운영되는 곳이었다. 멜라스 사건의 수사를 시작하면서 이곳을 처음 방문했을 때, 홈즈는 그 점을 이렇게 설명했었다.

"자네도 알겠지만, 이곳 런던에는 숫기가 전혀 없다든가 혹은 태생적으로 사람 만나는 걸 싫어해서 다른 사람들과 어울리지 않으려는 사람들이 많지. 그러면서도 안락한 의자와 최신의 정기간행물을 싫어하는 건 아니란 말이야. 디오게네스 클럽은 바로 이런 사람들의 편의를 위해 시작된 곳이라네. 회원은 다른 사람에게 조금이라도 관심을 갖는 게 허용되지 않아. 특별한 경우에 한해서 '외부인 접객실'에서는 예외가 인정되지만, 회원들끼리 말을 하다가 운영위원회의 지적을 세 번 받으면 탈퇴해야 한다는 규정이 있다네. 형은 이곳 창립회원 중의 한 명이었고, 나도 한 번 가보니까 분위기가 아주 편안하고 좋더군."

이곳을 이용하는 회원들과 마찬가지로, 입구도 눈에 잘 띄지 않는 곳에 은밀하게 만들어져 있었다. 두어 개의 계단을 올라가서 클럽의 이름이 박힌 작은 황동 명패가 붙어 있는 평범한 마호가니 문을 통해 팰맬 가의 시끌벅적한 소음을 뒤로하고 어두컴컴한 홀로 들어섰다. 유리로 된 칸막이 안쪽의 호사스럽게 치장된 커다란 방에는 상당수의 사람이 몸이 푹 파묻힐 정도로 큰 의자에 제멋대로 걸치고 앉아 신문을 읽고 있었다. 파란 담배 연기가 얇은 베일처럼 머리 위에 진을 치고 있어 꽉 닫힌 두툼한 커튼을 통해 간신히 실내로 스며들어온 햇빛을 한층 더 희미하게 만들고 있었다. 외부 세계가 접근하지 못하도록 안간힘을 쓰는 것처럼 보였다.

칙칙한 수위 유니폼을 입은 흑인이 우리에게 다가왔다. 그는 아무 말도 하지 않고 홈즈에게 은쟁반을 내밀었다. 홈즈는 조끼 주머니에서 명함 한 장을 꺼내 몇 자 끄적거리더니 쟁반 위에 놓았다. 수위는 소리 하나 내지 않고 미끄러지듯 사라졌고, 홈즈는 내가 '외부인 접객실'로 알고 있는, 떡갈나무 판재로 치장한 가구가 거의 없는 옆방으로 날 데리고 갔다. 팰맬 가를 내려다볼 수 있는 창문 옆의 한쪽 귀퉁이에 주름 하나 잡히지 않은 빳빳한 흰색 천으로 덮인 작은 식탁에 세 사람분의 실버 서비스(바퀴가 달린 운반 수레에 알코올이나 가스를 이용하여 손님 앞에서 직접 요리하여 조리사가 음식을 제공하는 방법)가 차려져 있었다. 식탁 한쪽에 얼음 통이 놓여 있는데, 그 안에는 냅킨으로 둘러싸인 와인 병 하나가 들어 있었다. 우리가 식탁 쪽으로 걸어가자 등 뒤의 문이 활짝 열렸다.

"아, 셜록, 역시 약속 시간에 늦는 법이 없구나. 그리고 닥터 왓슨, 다시 보게 돼서 반갑군요."

내가 돌아서자 물개의 지느러미발처럼 손 하나를 앞으로 쭉 뻗으며 뚱뚱한 마이크로프트 홈즈가 다가왔다. 그는 다정하게 악수했고, 나도 그의 환대에 감사의 뜻을 표했다.

마이크로프트를 처음 본 사람이라면 그 누구라도 보기 싫을 정도로 살이 쪘다고 오해하기 십상이었다. 그가 비만하다 싶을 정도로 살이 찐 건 분명하지만 180센티미터가 훌쩍 넘는 키 덕분에 별 어려움 없이 버틸 수 있었고, 몸을 움직일 때면 대다수의 뚱뚱한 사람에게서는 볼 수 없는 우아함과 민첩함이 있었다. 마이크로프트는 셜록 홈즈보다 일곱 살이 많으며, 이제는 볼살이 블러드하운드의 그것처럼 축 늘어져 있었다. 내 친구의 눈에서 발견한 것과 같은 날카로운 재기를 번득이며 깊숙이 자리 잡은 촉촉한 눈동자의 색깔에 맞춰 그의 머리카락도 이미 회색으로 물들어 있었다. 이 모든 것들이 합쳐져 마이크로프트의 몸집 따위를 싹 잊게 하고 그의 지적인 탁월성만을 돋보이게 하는 분위기를 자아냈다.

마이크로프트는 형으로서의 사랑을 가득 담아 홈즈의 팔을 토닥거렸다.

"요즘 브래들리 상점에서 팔기 시작한 아라비아식 혼합 담배를 피우나 보네?" 그는 동생의 옷소매에 묻어 있던 담뱃재를 털어주며 장난꾸러기처럼 말했다.

"그러는 형은," 홈즈도 지지 않고 응수했다.

"오늘 아침에 무척이나 바빴군." 그는 마이크로프트의 턱을 가리켰다.

"시간이 없어 면도도 대강대강 해치운 걸 보면. 이른 아침에 바삐 서둘러야 하는데 햇빛은 아주 희미하니까."

"네 말이 맞다. 주로 네가 부탁한 일 때문에 아침을 아주 바쁘게 보냈단다, 셜록. 매일매일 시계추처럼 반복되던 일정이 다 틀어지고 말았지."

마이크로프트는 우리를 지나쳐 식탁으로 다가가며 의자에 앉으라고 손짓했다.

"이곳은 방문객을 대접하는 걸 권장하지 않기 때문에 차갑게 식은 가벼운 식사만을 내놓았지만, 그 대신 그걸 목구멍으로 기분 좋게 넘겨줄 기막힌 독일산 백포도주를 와인 저장고에서 가져왔단다."

마이크로프트는 솜씨 좋게 얼음통에서 와인 병을 꺼내 뚜껑을 따기 시작했다. 그가 코르크를 빼내자, 이 점심의 웨이터로 선정된 두 명의 클럽 하인들이 다양하게 요리된 고기들과 샐러드드레싱이 담긴 접시들이 놓인 운반수레를 밀며 들어왔다. 그들은 우리가 직접 음식을 차려 먹을 수 있도록 운반수레를 식탁 곁에 놔두고 한마디 말도 없이 정중한 태도로 물러나서 방 밖으로 나갔다.

"이제 우리 사이에 격식 같은 건 차리지 맙시다. 별로 차린 건 없지만, 알아서들 잡수시도록."

마이크로프트는 벌써 자신의 접시에 음식을 덜어내며 권했다.

나는 눈앞에 놓인 먹음직스러운 음식을 보고 나서야 얼마나 배가 고팠는지를 알게 됐다. 잠을 잘 자지 못해 쌓인 피로를 이제 싹 털어버린 데다가 상쾌한 공기를 마시며 가볍게 한 산책이 식욕을 동하게 하였다.

마이크로프트와 셜록이 논의하고자 했던 게 무엇인지는 알 수 없지만, 식사하는 도중에는 전혀 언급하지 않았다. 두 사람은 전혀 급할 게 없는 다양한 이야기들을 태평스럽게 주고받았다. 마치 중요한 문제들은 가벼운 식사를 하고 대수롭지 않은 주제로 편안하게 이야기를 나눈 다음에야 언급해야 한다는 불문율을 지키는 사람들 같았다.

우리가 식사하는 동안, 홈즈 형제는 트란스발(남아프리카공화국 북동부의 주이며, 세계 제1의 금 산지)의 외국인[1] 문제부터 키플링의 《정글북》을 거쳐 중세의 현악기까지 전혀 다른 주제들을 짚고 넘어갔다. 마이크로프트는 무척이나 기분이 좋은 것 같았고, 내게도 서슴없이 의견을 내놓으라고 부추기곤 했다. 재미있는 사람들과 몹시 흥미로운 대화를 나누며 와인까지 곁들이다 보니 우리가 직면하고 있는 위험한 사건에 대해서는 잠시 잊어버리고 말았다.

음식 접시가 한쪽으로 치워지고, 기가 막히게 시간을 맞춰 마술처럼 다시 등장한 두 명의 말 없는 웨이터가 커피를 내놓자 실

---

[1] Uitlanders(에이트랜더). 남아프리카공화국을 원래 차지하고 있던 네덜란드계 백인들의 눈에는 황금을 찾아 몰려온, 영국인들을 중심으로 한 백인들이 외국인(이방인)으로 보였음.

내에 적막이 흘렀다. 홈즈와 나는 담배를 피워 물었고, 마이크로프트는 거북 등딱지로 만든 상자에서 코담배를 꺼냈다. 커다란 빨간색 비단 손수건으로 코트에 묻은 코담배 가루를 쓸어버리고 마이크로프트는 의자에서 일어나 창문으로 팰맬 가의 혼잡한 교통상황을 한동안 지켜봤다.

"넌 정말 버릇을 버리지 못하는구나, 셜록." 마침내 마이크로프트가 즐거움의 여운이 아직도 남아 있는 목소리로 말했다.

"위태로운 정치적 음모에 스스로 뛰어드는 걸 보면……."

내 친구가 메마른 웃음을 터뜨렸다.

"친애하는 마이크로프트, 이번에는 정치적 음모라는 놈이 내 집 문을 두드렸다오."

"언제는 그렇지 않았더냐? 그건 그렇다고 해도, 네가 그런 문제들을 처리한다고 덤벼들기만 하면 내 책상 위로 문제가 날아들더구나."

마이크로프트가 다시 자신의 자리로 돌아와 앉으며 과장된 모습으로 콧방귀를 뀌었다. 하지만 그의 눈동자에는 너그러운 기색이 깃들어 있었다.

"외교관이 호텔에서 살해되고, 외국인 혁명가라는 녀석들이 이스트런던에서 총질을 해대고, 수사를 전담해야 할 형사가 너의 수사를 돕다가 부상을 당하고 있으니, 원."

루리타니아 사건의 다양한 실마리를 따라가며 겪었던 많은 일을 마이크로프트가 소상하게 알고 있다는 사실에 깜짝 놀랐다. 그가 정부 내에서 차지하고 있는 중요성과 전지전능함을 확인해주는 이보다 좋은 증거가 어디 있겠는가! 하지만 홈즈는 형이 모든 걸 알고 있다는 사실을 전혀 놀라워하지 않았다.

마이크로프트가 쓸쓸한 미소를 지었다.

"좋다, 셜록, 내게서 조그만 도움이라도 받으려면 모든 걸 툭 털어놓아라."

홈즈는 물고 있던 파이프를 세게 빨아들였다가 구름 같은 담배 연기를 천장으로 뿜어 올렸다.

"그게 좋겠지, 마이크로프트?"

홈즈는 예상했던 반응이 형에게서 나오자 만족스럽다는 듯이 의자에 몸을 깊이 파묻고 어젯밤 잽트 대령이 베이커 가의 하숙집을 찾아온 일부터 시작해 벌레스던 경과 그의 아들이 약 한 시간 전 하숙집을 떠날 때까지 있었던 모험을 간략하지만 완벽하게 설명했다.

마이크로프트는 홈즈가 말을 하는 내내 아무런 표정도 드러내지 않은 채 묵묵히 귀를 기울였고, 홈즈의 말이 끝났어도 잠시 그대로 침묵을 지키고 있었다. 이건 마치 중요한 요소들을 결합하여 결론을 이끌어내기 전에 체계적인 두뇌를 이용하여 모든 증거를 골라내고 배열하는 것처럼 보였다. 마이크로프트는 자신의 표정이 전혀 변하지 않는다고 생각할지는 모르지만, 깊게 자리 잡은 그의 눈동자는 먼 곳을 바라보며 자신의 내부를 들여다보는 듯했다. 그의 동생이 모든 능력을 다 짜낼 때 내가 자주 봤던 모습 그대로였다.

"너의 주관적인 생각을 첨가하지 않고 사실을 있는 그대로 들려줘서 고맙다, 셜록. 나도 물론 루리타니아 왕국의 사태에 대해서 어느 정도 이미 알고 있었다. 꽤 오랫동안 그곳의 불안정한 정국을 지켜보고 있었거든. 루리타니아가 비록 작은 나라이긴 하지만 오래전부터 우리의 우방이었다. 게다가 금세기 들어 전통적인 정부형태로서의 군주제가 여러 번 날카로운 타격을 받는 바람에 이제 가장 취약하고 궁지에 빠진 제도로 전락하게 된 중부유럽에서 그래도 안정성을 부여하는 영향력을 가지고 있었다. 우린 헨차우의 루퍼트 백작이 사악한 욕망을 가지고 있다는 것과 루돌프 5세가 병약하다는 걸 잘 알고 있다. 뇌 기능 전문의인 재스퍼 믹 경으로부터 국왕의 '질환'에 대한 브리핑을 받았기 때문이다."

마이크로프트는 잠시 말을 멈추고 코담배를 듬뿍 들이마신 다음, 다시 원래의 주제로 되돌아갔다.

"하지만 라센딜이 국왕의 대역으로 대관식을 치렀다는 건 정말 깜짝 놀랄 일이로구나. 단단히 봉해둬야 할 비밀임이 틀림없다. 이러한 사실들이 퍼져나가면 유럽 정치의 근간을 뒤집어엎어 버릴 것이다. 왕관을 이어받을 엘프베르크 가의 후계자를 대신해서 영국의 일개 평민이 대관식을 치렀…… 결국 루돌프는 왕관을 쓴 적이 없다…… 여보게, 그와 같은 정보를 악용할 정도로 악랄한 정권의 국가가 적어도 하나 이상은 있다는 걸 장담할 수 있어. 침공은 물론이고, 전쟁이 일어날 수도 있다는 건 불을 보듯 뻔한 사실이지. 루리타니아 왕국의 안정을 해칠 수 있는 그 어떠한 소문이나 이야기를 즉시 가라앉히는 것이야말로 우리 영국의 이익과 합치된단 말이지."

"내가 보기에는," 홈즈가 입을 열었다.

"가장 중요한 위험요소는 그것이 드러나는 것이 아니라 그와 같은 지식이 어떻게 사용되느냐는 것 같은데? 따라서 루퍼트 백작이 가장 위험하단 말이지. 그 작자는 엘프베르크 가계를 권좌에서 몰아내고 자신이 시조가 되는 새로운 왕조를 건설하려는 고도의 야망을 품고 덤벼들고 있어. 따라서 가장 교묘한 쿠데타를 일으키는 데 이 정보를 써먹으려고 할 거야."

동생의 설명에 한층 더 귀를 기울이는 마이크로프트의 두 눈이 매섭게 반짝거렸다. 한 마디라도 놓치지 않으려는 듯 상체를 앞으로 쑥 내밀고 있었다.

"돌아가는 상황을 살펴보니까," 홈즈의 말이 이어졌다.

"루퍼트 백작은 라센딜을 한 번 더 국왕으로 내세울 것 같아. 그 과정 중에 루돌프는 제거해버릴 것이고. 그러고서 시간이 좀 흘러 대역이 제대로 먹혀들었다는 것이 증명되면, 꼭두각시 국왕으로서의 라센딜은 더 이상 쓸모가 없어지겠지. '루돌프 국왕'은 아마도 자신의 질병을 이유로 퇴위하겠다는 성명을 발표할 것이고, '가까운 친구이자 정치적 협력자'인 헨차우의 루퍼트 백작을 후계자로 선언할 거야."

"맙소사!" 나는 깜짝 놀라 큰 소리로 말했다.

"그 작자는 그런 일을 어떻게 해치울 작정이지?"

"그곳에서 그자를 저지할 사람이 누가 있겠나?"

"루퍼트가 언제 첫 번째 단계를 실행할 것 같니?"

마이크로프트가 물었다.

"보헤미아의 국왕이 국빈 방문을 하는 동안에 가짜 국왕을 내세울 가능성이 높아. 방문 일정이 5일 후부터 시작될 걸?"

내가 얼른 끼어들었다.

"조카가 안전하다는 걸 알게 되면 라센딜이 루퍼트의 대역 노릇을 거부할 성 싶은데?"

홈즈 형제는 고개를 가로저었고, 마이크로프트가 나서서 설명했다.

"지금 라센딜이 루리타니아에 있으니 알리는 것 자체가 쉽지 않아. 라센딜이 만약 루퍼트의 지시를 따르지 않겠다고 반항하면, 즉시 왕의 대역이라는 것과 왕비의 애인이라는 사실이 밝혀진 채 국민들 앞에 내던져질걸? 이렇게 되면 당연히 플라비아의 목숨이 위험해지고, 루리타니아는 혼란의 소용돌이 속으로 빠져들게 되겠지. 권력을 틀어쥐고 싶은 루퍼트의 입장에서는 그러한 사태가 벌어지는 걸 학수고대하고 있을 걸?"

"왓슨," 셜록 홈즈가 말했다.

"우리가 풀어내야 할 운명의 실타래가 얼마나 단단히 꼬여 있는지 이제 알겠나?"

"정말 그런 것 같군." 홈즈 형제의 설명 후 이 문제의 심각성이 더욱 선명하게 드러나자 나는 다소 시무룩한 어조로 대답했다.

"넌 어떤 행동 계획을 세우고 있니?" 마이크로프트가 물었다.

"우리가 가지고 있는 유일한 실마리를 쫓아야겠지? 왓슨과 나는 오늘 밤에 루리타니아로 출발할 거야. 그곳에 도착하면 잽트와 라센딜의 절친한 친구인 프리츠 폰 탈렌하임과 접촉할 수 있는지 알아볼 거고."

마이크로프트가 고개를 끄덕였다.

"내가 그 사람을 잘 알고 있다. 잽트가 세상을 떠났으니, 이제 그가 왕비에게 충성심을 가진 가장 가까운 사람이겠군. 이 사건이야말로 네가 참여한 일 중에서 가장 절박한 게임이로구나, 셜록."

"그래도 끝까지 뛰어야 할 게임이지!"

"이번에는 네 의견에 동의하지 않을 수 없구나. 이 문제에는 공권력을 동원할 수 없다. 더욱 정교하고 은밀하게 다룰 필요가 있으니까."

그는 마음에도 없는 웃음을 억지로 터뜨리다가 얼른 멈췄다.

"사람이 해낼 수 있는 일이라면, 바로 네가 그 사람일 것으로 확신한다."

"고마워, 형." 홈즈는 조용한 목소리로 감사의 뜻을 전했다.

"믿을 수 있는 왓슨도 함께 가는 것이겠지?"

"나의 보즈웰[2]이 없으면 나는 아무것도 할 수 없다는 걸 형도 잘 알잖아?"

"당연히 알고 있지. 하지만 닥터, 이번 사건은 출판할 수 없다는 걸 각오해야 하네. 최소한 우리가 살아 있는 동안에는 불가능할 걸세."

나는 마이크로프트에게 절을 했다.

"이 사건에는 전기 작가로서의 충실함보다 더 신경 써야 할 문제가 많습니다."

"자넨 정말 좋은 사람일세, 왓슨. 내 동생은 위기 상황에서 자네야말로 가장 옆에 있었으면 하는 사람이라고 하더군. 감정에 치우쳐서 그런 말을 한 줄 알았는데, 오늘 자네를 만나보니 그 말이 틀리지 않았다는 걸 확신할 수 있었네."

나는 위대한 인물이 성심성의껏 말해주는 것에 감동을 하였고, 고맙다는 말로 답례했다.

마이크로프트는 안주머니에서 노란색 긴 봉투를 꺼내 홈즈에게 건네며 말했다.

"이게 네가 전보로 요청했던 문서들이다. 너와 왓슨이 호킨스와 머레이로 위장하는 데 필요한 서류와 스트렐사우에 주재하는 영국 대사인 로저 존슨 경에게 보내는 소개서가 들어 있다. 불행히도 로저 경은 별로 똑똑한 양반은 아니지만, 그동안 쌓인 불만

---

2) 보즈웰(James Boswell)은 17세기 이후의 영국 시인 52명의 전기와 작품론을 정리한 10권의 《영국시인전》으로 유명한 영국의 시인이자 평론가인 새뮤얼 존슨의 전기 작가인데, 홈즈의 숭배자이자 동료인 닥터 왓슨과 마찬가지로 존슨의 일거수일투족을 일기로 남겼다.

을 털어버리기 위해서라도 분명히 적극적으로 나서줄 것이다. 그곳 대사관에서 5년 이상 죽치고 있었거든. 힘든 일이나 급한 일이 있는 자리가 아니었다는 뜻이지. 자네들이 그곳에 도착한다고 연락하고, 하인 한 명을 내보내 역에서 마중하도록 해달라고 요청을 해두마. 로저 경이라면 자네들이 직통으로 탈렌하임과 플라비아 왕비를 만날 수 있도록 손을 써줄 것이야."

"그러면 되겠군."

홈즈는 그 봉투를 받아 코트 주머니에 집어넣었다.

"언제 떠날 거지?"

"채링크로스 역에서 오늘 밤 5시 15분에 출발해. 쾰른에서 열차를 갈아타기 위해 잠시 기다리긴 하겠지만, 36시간 정도 지나면 스트렐사우에 도착할 거야."

"내가 더 도와줄 일은 없겠니?"

홈즈는 자신의 호주머니를 툭툭 쳤다.

"가장 핵심적인 것을 해줬잖아."

"그렇다면 이제 두 사람에게 행운을 빌어주는 일만 남은 셈이군."

마이크로프트는 의자에서 일어서서 우릴 향해 손을 뻗었다.

"엘프베르크 왕가의 안전이 극도의 위험에 처해 있고, 여왕 폐하의 정부와 나는 자네들의 임무가 성공하기를 손꼽아 기다리겠네."

악수를 하고 문 쪽을 향해 걸어가고 있는데, 마이크로프트는 우리의 등을 향해 마지막으로 한마디 더 충고했다.

"헨차우의 루퍼트가 교활하고 단호한 인물이라는 걸 꼭 명심하게. 아무리 높게 평가해도 지나치지 않을 걸세. 항상 주의를 기울이고 조심하길 바라네."

잠시 후, 두 명의 신사가 디오게네스 클럽을 빠져나와 약하기 짝이 없는 가을 햇살 속으로 빠져들었다. 호킨스 씨와 머레이 씨는 자신의 인생에서 가장 위험할 수도 있는 임무를 향해 첫걸음을 내딛고 있었다.

⚜
9장

여정(旅程)

그날 저녁 6시, 홈즈와 나는 수증기를 내뿜으며 켄트 주의 전원지대를 달려 도버로 향하는 '사우스 이스턴 콘티넨털 익스프레스'의 일등칸에 몸을 싣고 있었다. 도버는 스트렐사우로 가는 여정의 첫 번째 구간으로, 그곳에서 오스텐드(벨기에의 수도 브뤼셀 북서쪽 115킬로미터 지점의 북해 연안에 위치한 도시)행 심야 연락선을 탈 예정이었다. 날은 빠른 속도로 저물어서, 서쪽으로 지는 해는 홉이 잔뜩 자라는 들판에 황금 햇살을 던지고 있었다.

홈즈는 베이커 가로 돌아와 지도와 지명(地名) 사전을 뒤적거리고, 신문철과 각종 참고자료를 정독하며 여행 준비로 줄곧 바빴다. 또한, 화학물질이 놓인 선반에서 기이한 물품들을 꾸렸고, 변장 용품이 들어 있는 가방도 챙겼다. 나는 내 여행 가방을

챙기고 정신적으로 여행을 준비하는 것 이외에는 별로 할 일이
없었다. 일간신문을 대강대강 훑어보다가 〈웨스트민스터 가제
트〉의 석간판 최신 기사에서 눈이 번쩍 뜨이는 제목 하나를 발견
했다.

루리타니아의 외교관, 심장마비로 사망

　루리타니아의 외교관인 헬무트 잽트 대령(58)의 시신이 오
늘 아침, 그가 묵고 있던 채링 크로스 호텔의 객실에서 청소부에
의해 발견됐다. 시신을 살펴본 의사의 말에 의하면, 심장마비로
사망했다고 한다.

나는 이 기사를 홈즈에게 보여줬다.

"마이크로프트의 작품이군."

홈즈는 간단하게 대꾸했다.

런던을 뒤로하고 열차가 출발하자 홈즈는 긴장이 풀리는지
창가에 앉아 담배를 피우면서 나무와 생울타리들이 짙어가는 땅
거미와 서서히 합쳐지는 바깥 풍경을 내다보고 있었다.

나는 열차 시간표와 회중시계를 들여다보고 말했다.

"한 시간 10분만 있으면 도버에 도착하네."

홈즈는 고개를 끄덕이며 담배를 입에서 떼어냈다.

"왓슨, 우린 아직 가야 할 길이 많이 남아 있네. 매시간 여정이 얼마나 남았는지 말하지 않았으면 좋겠군."

"그래? 알겠네. 어느 분 말씀이라고……." 나는 회중시계의 뚜껑을 소리가 나도록 닫으며 퉁명스럽게 대꾸했다.

"이보게, 친구, 진정하게나. 우린 지금 이번 임무에서 가장 수월한 부분을 행하고 있을 뿐이네. 벌써 신경을 곤두세울 필요가 어디 있나? 장담하건대, 앞으로 바짝 긴장할 일이 한둘이 아닐 걸세. 지금 이 순간은 이 철도망을 운영하는 유능한 사람들 손에 그냥 맡겨두잔 말일세. 걱정거리는 그 사람들에게 맡겨두고, 우린 편안히 휴식을 취하세나."

"물론 그래야겠지." 나는 홈즈의 가시 돋친 말에 여전히 섭섭한 마음이 남아 시큰둥하게 대꾸했다.

우린 나머지 여정을 침묵으로 일관하며 보냈다. 홈즈는 담배를 다 피우고서 잠들었고, 나는 햇살이 점점 더 어둠에 길을 내주는 창문 밖의 광경을 멍하니 바라봤다.

도버에서 우리는 연락선으로 갈아탔다. 항해 중에 좀 불편하긴 했지만 특별한 일은 발생하지 않았다. 상당히 늦게 승선 예약을 하는 바람에 일등칸을 확보하지 못했고, 따라서 승객들로 북적거리는 선실에서 밤을 지새워야 했다. 홈즈는 수사를 하는 데 필요한 만큼 잠을 자지 않고 버틸 수도 있지만, 본인이 원한다면 아무 때나 혹은 아무 곳에서나 잠들 수 있는 탁월한 능력을 보유하고 있었다. 내가 춥고 불편한 바닥에 누워 천천히 흔들리는 천장을 노려보며 뜬눈으로 보내는 동안, 홈즈는 깊은 잠에 빠져 코까지 골고 있었다.

아침이 되자, 다시 열차에 몸을 실었다. 오스텐드를 떠나 쾰른을 향해 가는 중이었다. 드레스덴을 거쳐 스트렐사우로 우릴 데려다 줄 '골든 라이온 특급열차'를 타기 위해서였다. 열차가 출발하자마자 바로 식당칸으로 가서 푸짐한 아침 식사를 즐겼다. 식사를 마치고 커피를 마시며 좀 한가해지자 최종 목적지에 도착하고 난 다음 행할 계획에 대해서 홈즈에게 묻고 싶었다.

"현시점에서는 어떠한 계획도 잠정적일 수밖에 없네. 이번 사건에는 헤쳐나가야 할 미지의 요인들이 정말 많지만, 최대한 빨리 성취해야 할 명백한 목표들도 있지. 탈렌하임과 플라비아 왕비에게 루퍼트의 음모가 몰고 올 결과에 대해서 즉시 알려야 하네. 라센딜의 행방을 찾아내는 것도 중요한 일이고."

"젠다 성의 청색당 본부가 가장 그럴듯한 장소 아닌가?"

"그럴 가능성도 있지." 홈즈가 생각에 잠기며 대꾸했다.

"그런데 너무 쉽게 드러나는 것 같아 루퍼트의 스타일과는 전혀 맞지가 않단 말씀이야. 라센딜이야말로 그 녀석의 으뜸 패인데, 그 으뜸 패를 숨겨놓은 소매가 너무 눈에 띄어서는 안 되겠지. 우린 또 왕비에게서 보헤미아의 국왕을 위해 마련한 일정을 알아내야 하네. 그 정보는……."

홈즈는 웨이터가 우리가 마신 커피 잔을 치우러 다가오자 하던 말을 뚝 끊어버렸다.

"Est-ce que le petit déjeuner vous a plu(아침 식사가 어떠셨는지요)?" 웨이터가 프랑스어로 물었다.

"Très bien(아주 좋았네)."

홈즈는 즉시 대꾸를 하긴 했지만, 웨이터가 대화를 듣지 못할 정도로 멀어질 때까지 입을 꾹 다물고 있었다.

"더 이상의 논의는 객실로 돌아가서 하는 게 낫겠네. 얼마나 많은 귀가 우리의 대화를 엿들으려고 애쓰는지 모를 상황이니까 말일세."

나는 조심스럽게 식당칸을 둘러보았다. 식탁에 앉아 식사하고 있거나 함께 여행하는 동료들과 대화를 나누고 있는 모든 사람이 착하게만 보였다. 다들 평범하면서도 존경할 만한 인물로 보였는데, 물론 교활한 스파이라면 당연히 이런 모습을 하고 있을 게 뻔했다. 사실, 홈즈와 내가 딱 들어맞는 사례였다. 우리의 진정한 신분이나 이번 여행의 배경이 된 진정한 목적이 무엇인지를 털끝만치도 드러내서는 안 될 상황이었다.

객실로 돌아왔을 때, 홈즈에게 우리가 정말로 감시받고 있다고 생각하는지를 물었다. 홈즈는 모호한 표정으로 나를 쳐다봤다.

"나도 잘 모르겠네, 왓슨. 하지만 마이크로프트가 작별인사를 하면서 했던 말을 잊지 말게나."

그는 창가의 좌석에 털썩 주저앉아 그날 처음으로 파이프에 담배를 채웠다. 나는 꽤 오랜 시간 동안 아무것도 하지 않으면서 지루한 시간을 보내야 한다는 생각에 다소 마음이 울적해진 채 홈즈의 맞은편에 앉았다. 루리타니아의 문제가 머릿속을 꽉 채우고 있어 다른 화제에 대해서 읽거나 논의할 수가 없었다. 홈즈도 별로 대화를 할 기분이 아닌 듯 오스텐드 역에서 구입한 두어 가지 신문을 꼼꼼히 읽으며 시간을 보냈다.

열차는 오후 늦게야 우리가 '골든 라이언 특급열차'로 갈아탈 쾰른으로 들어섰다. 교외 지역에서의 선로공사로 도착이 예정시각보다 지연됐기 때문에 역사(驛舍)를 가로질러 연결편을 잡아타기에는 시간이 촉박했다.

쾰른 역은 우중충하고 손질이 잘되지 않은 높다란 건물인데, 여행객들로 꽉 차 있었다. 우린 여행 가방을 거머쥐고 타고 온 열차를 떠나 바글거리는 사람들을 헤치며 '골든 라이온'이 대기하고 있을 5번 플랫폼을 향해 나아갔다. 시간이 별로 없다는 걸 잘 알고 있어서 기를 쓰며 발을 재게 놀렸다. 그런데 많은 사람이 일제히 재잘거리며 울려 퍼지는 소음과 짐꾼들이 외치는 소리, 열차가 증기를 내뿜는 쉭쉭거리는 소리와 비명처럼 울리는 기적 소리의 와중에서도 뒤쪽의 사람들이 소동을 벌이며 내는 소리를 들었다. 무엇 때문에 야단법석을 떠는지 알아보려고 몸을 돌리는 순간, 건장한 청년 하나가 난폭하게 사람들 틈을 뚫고 나와 내게 달려들었다. 순간적으로 균형을 잃고 비틀거리며 옆으로 걸음을 옮기자, 녀석은 힘이 풀린 내 손아귀에서 여행 가방을 낚아채서 그대로 도망치기 시작했다.

"Haltet den Dieb(도둑놈 잡아라)!"

뒤쪽의 사람 중에서 누군가가 독일어로 소리쳤다.

홈즈와 나는 아무 말도 하지 않고 이미 여행객들 사이로 몸을 감추고 있는 도둑놈을 쫓아 달렸다. 녀석은 이런 일에 도가 텄는 지 사람들 틈을 요리조리 잘도 빠져나갔는데, 우리도 하루 동안 푹 쉬어 몸이 개운한 터라 수월하게 쫓아갈 수 있었다. 대다수의 여행객은 우리 세 사람이 난리를 치면서 곁을 스쳐 지나가도 눈 길 한 번 주지 않았다.

지금에 와서 회상해보니, 이처럼 여행 가방을 날치기하는 짓 거리는 런던의 큰 역에서와 마찬가지로 이곳에서도 일상적으로 벌어지고 있었던 게 분명했다. 여행에 지치고 눈이 휘둥그레진 채 이곳저곳을 두리번거리는 여행객들은 달리기에 자신이 있고 이곳 지리를 잘 알고 있는 솜씨 좋은 젊은 악당들의 손쉬운 먹잇 감이었다. 나는 발을 부지런히 놀려 달리면서도 내 여행 가방을 잃어버리는 것보다 연결편을 타지 못할까 더 걱정됐다. 나중에, 나뿐만 아니라 홈즈조차도 이성적인 결정이 아니라 자동으로 반 응하는 본능에 따라 추적을 시작했다고 인정했다.

역 내의 중심 부분을 빠져나오자 사람들의 숫자가 눈에 띄게 줄어들었고, 우린 더욱더 속도를 올려 젊은 악당을 바짝 쫓아갔 다. 녀석은 인적이 없는 한갓진 곳으로 뛰어가더니 뒤쪽에서 쫓 아오는 우릴 힐끗 돌아보고는 담장을 뛰어넘어 어둠 속으로 사 라지고 있었다. 우리도 똑같이 담장을 뛰어넘었는데, 열차에 싣고 온 화물을 부리는 곳으로 사용했던 것처럼 보이는 우중충한 구역이었다. 텅 빈 플랫폼이었을 이곳에 서너 대의 화물열차가 줄지어 늘어서 있었다. 이곳은 다른 곳에 비해 훨씬 더 어두웠지만, 우리가 쫓고 있는 악당의 달리는 발자국 소리는 더 선명하게 들렸다. 우리가 6미터쯤 떨어진 곳까지 치고 들어가자, 녀석은 왼쪽으로 몸을 돌려 좁다란 플랫폼에 세워져 있는 낡은 기관차를 스쳐 지나갔다. 군데군데 세워져 있는 희미한 가스등 불빛의 노란 광선만이 일정한 간격을 두고 플랫폼을 밝혔다가 사라지곤 했다. 왼쪽은 줄지어 늘어선 화물 열차들이 거대한 그림자를 형성하고 있고, 오른쪽은 벽돌로 된 담장이었다. 녀석은 제 발로 막다른 곳을 찾아 나선 셈이었다.

바로 그때, 녀석이 전혀 예상치 못한 행동을 했다. 플랫폼을 절반쯤 달려가다가 멈춰 서더니 우릴 향해 휙 돌아선 것이었다. 흘러들어온 빛줄기 하나가 그런 녀석의 얼굴을 비췄다. 녀석은 미소를 짓고 있었다.

홈즈는 즉시 내 팔을 잡고 끌어당겼다.

"얼른!"

홈즈는 불빛이 비치는 곳 밖으로 날 끌어내서 어둠 속에 버려진 포장용 상자 뒤쪽으로 데려갔다. 우리가 다가가자 조그만 설치류들이 허겁지겁 도망쳤다. 홈즈는 아무 말도 하지 않고 우리가 지나쳐 온 플랫폼 쪽을 가리켰다. 기관차 옆의 어둠 속에서 제각각 곤봉 같은 것으로 무장한 네 명의 흉악한 녀석들이 모습을 드러냈다. 등골이 서늘해지는 광경이었다.

"함정이네, 왓슨."

지금의 사태에 대한 충격이 확실하게 다가왔다. 내 여행 가방을 훔쳐 달아나던 도둑놈은 우릴 역 중심부에서 한적한 곳까지 유인해서 이 흉악한 놈들이 처리하도록 만드는 미끼였다.

네 놈이 우릴 겁주려는 듯 아주 천천히 다가오는 것과 동시에, 젊은 날치기는 내 가방을 바로 발 앞에 떨어뜨리고 허리띠에서 무기를 꺼냈다. 녀석의 손에서 칼날이 번득였다. 그러는 동안, 홈즈는 쪼그려 앉아서 자신의 여행 가방을 열고 작은 물체 하나를 끄집어냈다.

"자, 왓슨," 홈즈는 다급하게 속삭였다.

"저 녀석을 덮쳐서 자네 가방을 되찾을 수 있겠나?"

"기꺼이 한번 해보겠네." 나는 진지하게 대꾸했다.

"좋아!"

"다른 불한당들은 어떡하고?"

홈즈는 흉측한 네 놈이 여전히 플랫폼을 따라 천천히 움직이고 있는 쪽을 재빨리 쳐다봤다.

"이 작은 장난감의 도움을 받으면 녀석들을 충분히 다룰 수 있을 것 같네."

그는 눈에 익은 회색 물체를 들어 올렸다.

"이제 내가 신호하면 자넨 날치기 녀석에게 득달같이 달려가 가방을 낚아채고 플랫폼 끝까지 가서 연결축 아래를 빠져나가 바로 옆 플랫폼으로 가게나."

"그럼 자네는?"

"운만 좋으면 자넬 바로 쫓아갈 수 있을 걸세. 준비됐나?"

"오케이."

"지금이야!"

홈즈가 귀청이 찢어질 듯한 고함을 지르며 우릴 죽일지도 모르는 녀석들을 향해 연막탄을 던졌다. 연막탄은 녀석들 약 1미터 앞에 떨어져 폭발했다. 몇 번 불꽃이 튀더니 녀석들의 깜짝 놀란 눈앞에서 연기가 뭉게뭉게 피어올랐다. 녀석들이 공포에 질려 어쩔 줄 몰라 하며 비명을 내지를 때, 나는 이미 어둠 속에서 튀어 나가 내 가방을 가지고 있는 녀석을 향해 줄달음치고 있었다. 내가 표적으로 삼은 녀석은 동료들의 비명과 자신을 향해 달려드는 회색 그림자에 놀라 칼을 떨어뜨리고 도망쳐버렸다.

목이 막혀 캑캑거리며 허둥지둥 내닫는 발자국 소리에 맞춰 나는 가방을 움켜쥐고 플랫폼 끝에서 뛰어내렸다. 이곳 공기는 아직 연기에 오염되지 않아 잠깐 숨을 돌리고 화물 열차들 아래쪽을 빠져나가 완충장치까지 나아갔다. 몸을 한층 더 낮춰 열차 연결장치 아래를 지나 선로들 사이의 공간으로 접어들었다. 일단 그곳에서 한 번 더 숨을 돌리고, 바로 옆의 선로에 세워진 또 다른 화물 열차의 완충장치를 힘겹게 통과해 반대쪽 플랫폼에 도달했다.

플랫폼에 간신히 기어오르자 홈즈가 바로 따라 올라왔다. 잠시 후, 의심할 바 없이 청색당이 우리를 위해 특별히 마련한 게 분명한 작은 여흥을 즐겼음에도 우린 별다른 큰 사고 없이 옷차림만 좀 흐트러진 채 역 중심부로 되돌아와 5번 플랫폼을 향해 다가갔다. 홈즈는 연결편을 잡아타기 위해 발걸음을 재게 놀리면서도 즐거운 표정으로 껄껄 웃었다.

"왓슨, 녀석들은 우리 걸음을 좀 지체시키려고 했던 모양인데 솜씨가 별로더구먼."

"그렇지만 녀석들이 우리의 임무를 알고 있다는 건 확실히 밝혀진 셈일세."

"그래, 그리고 무엇보다도 궁금한 건 녀석들이 어떻게 그걸 알게 됐느냐 하는 점일세. 그래도 오늘의 사건에서 꽤 만족스러운 부분이 한 가지 있긴 하네."

"그게 뭔데?"

"우리가 녀석들을 걱정하게 만들었다는 점일세. 너무 걱정돼서 우릴 죽일 필요가 있다고 느꼈다는 점이지."

나는 그런 걸 위안이라고 여겨야 하나 좀 의문이 들었다.

우리는 간신히 연결편을 탈 수 있었다. '골든 라이온'에 발을 올려놓자마자 철도 경비원이 호루라기를 불어 출발 신호를 보냈고, 객실로 비틀거리며 들어섰을 때는 열차는 라인 강을 건너 최종 목적지를 향해 이미 속도를 올려 동쪽으로 달렸다.

✳ ✳ ✳

어두워지면서 비가 내리기 시작했다. 빗방울이 어둠 속을 뚫고 달리는 열차의 객실 차창을 세게 후려갈겼다.

"천둥을 동반한 폭풍우는 역시 대륙이 최고란 말이야. 이걸 맛보기 전까지는 제대로 된 폭풍우를 경험했다고 할 수 없지."

번갯불이 멀리 떨어진 언덕들을 환하게 밝히고, 그로부터 수초 후에 객실을 뒤흔들 듯한 천둥소리가 들릴 때 홈즈가 한마디 했다. 폭우는 밤새 쏟아졌다. 한 시간 동안 대기했던 드레스덴을 통과하고 나서야 비가 그칠 기미를 보였다.

마침내 우리가 루리타니아 국경에 도착했을 때도 여전히 날은 어두웠다. 이곳에서는 모든 승객이 열차에서 내려 서류가 제대로 되어 있는지 확인받고 입국도장을 받기 위해 세관을 들러야 했다. 우린 국경경비대원들을 지나 상당히 투박해 보이는 건물 안으로 들어갔다. 세관을 담당하는 나이 든 공무원은 서류를 꼼꼼하게 들여다보며 느릿느릿하게 일을 처리했는데, 이 때문에 출발이 많이 지연되자 몇몇 승객들이 부아를 터뜨렸다. 하지만 조급증에 몸이 닳은 입국자들을 수없이 많이 봐왔을 그 공무원은 전혀 신경도 쓰지 않고 느긋한 태도로 제 할 일만 했다.

우리 차례가 되자, 그 공무원은 특히 더 신중한 태도로 우리 서류를 꼼꼼하게 살피는 것 같았다. 그는 우리가 이 나라를 방문하는 목적이 무엇인지 물었다.

"우리는 도보여행을 하며 휴가를 보내고 있습니다."

홈즈가 사근사근한 목소리로 대답했다.

공무원은 우리 서류를 가지고 뒤쪽에 있는 사무실로 들어가 버렸다. 줄을 서서 하염없이 기다리고 있는 등 뒤의 승객들로부터 실망의 한숨이 터져 나왔다. 2, 3분이 지나자 공무원이 사무실에서 얼굴을 내밀더니 구석을 돌아 자기 사무실로 오라고 손짓했다.

사무실 안으로 들어서자 등 뒤에서 문이 닫혔고, 우리는 놀랍도록 푸른 눈에 갸름하고 매끈한 얼굴의 젊은이와 얼굴을 마주했다. 젊은이는 아스트라칸 모피 깃이 달린 검은색의 짧은 더블버튼 코트를 걸치고, 손잡이를 은으로 씌운 지팡이를 들고 있었다. 그가 세관 공무원에게 말했다.

"고맙네, 슈테판, 이제 나가봐도 좋아요."

나이 든 공무원이 절을 하고 밖으로 나갔다. 공무원이 나가자마자, 젊은이는 딱딱한 태도로 우릴 향해 돌아서더니 희미한 미소와 함께 한 손을 내밀었다.

"호킨스 씨와 머레이 씨겠죠? 아니면 닥터 왓슨과 홈즈 씨라고 부르는 게 더 나을까요?"

젊은이는 말과 함께 무뚝뚝하다고 할 정도로 가볍게 고개를 숙였다.

나는 젊은이의 느닷없는 말에 신경이 곤두서며 자동으로 손을 주머니 속의 리볼버 쪽으로 뻗었다. 홈즈는 젊은이의 의기양양한 질문에 반응하지 않고, 다만 약간 의아해하는 표정으로 눈썹을 살짝 치켜세웠을 뿐이었다.

오히려 젊은이가 먼저 반응을 보였다.

"절 용서해주십시오. 전 주 스트렐사우 영국대사관에서 보좌관으로 근무하고 있는 알렉산더 뷰챔프라고 합니다. 국경에서 댁들의 발길을 멈추게 하려고 대사님께서 절 파견하신 겁니다. 우리 정보원들의 보고로는, 수도에서 당신들이 열차를 내리는 순간, 헨차우의 루퍼트 백작이 환영식을 준비해놓고 있을 가능성이 높다고 했습니다."

"우린 이미 쾰른에서 녀석들의 환대를 맛봤습니다."

나는 젊은이의 신분을 듣자 마음을 놓으며 그와 악수를 했다.

뷰챔프의 얼굴에 놀라는 기색이 떠올랐다.

"벌써 습격을 받았단 말입니까? 맙소사! 녀석들의 조직이 그처럼 넓게 퍼져 있을 줄은 꿈에도 몰랐습니다. 무사해서 정말 다행입니다."

"걱정해줘서 감사합니다."

홈즈가 살짝 미소를 지으며 말했다.

"이제 내 친구와 나는 당신 손에 달린 것 같군요. 어떻게 하면 좋겠습니까?"

"밖에 사륜 마차 한 대를 대기시켜놓았습니다. 스트렐사우로 가는 길에서 약 8킬로미터 떨어진 곳에 있는 '보어스 헤드(멧돼지 머리)'라는 작은 여관으로 갈 겁니다. 그곳에 당신들의 이름으로, 아, 물론 가명으로 방을 잡아놨습니다."

젊은이는 슬쩍 미소를 짓고 나서 다시 말을 계속했다.

"오늘 아침이 지나기 전에 로저 경께서 협의를 위해 당신들을 찾아가실 겁니다."

"이 모든 것들이 아주 효율적으로 준비된 것 같군요."

"좋습니다, 신사분들." 뷰챔프가 말했다.

"준비됐으면 당장 떠나죠."

뷰챔프는 앞장서서 세관 뒷문을 통해 루리타니아의 차가운 새벽 공기로 우릴 이끌고 나갔다. 밖은 여전히 너무 어두워서 작고 아무런 표식이 없는 마차에 올라탈 때도 주변을 살펴보기가 어려웠다.

승객들이 모두 통관하기를 기다리며 숨을 헐떡거리듯 간헐적으로 증기를 내뿜는 거대한 특급열차를 뒤로하고 사륜 마차는 '보어스 헤드'를 향해 힘차게 출발했다.

✦

10장

보어스 헤드

'보어스 헤드'를 향해 달려가는 동안, 나는 완전히 마음을 놓을 수가 없었다. 알렉산더 뷰챔프가 매력적이고 사려 깊은 젊은 이이긴 했지만, 그가 옆에 있는 게 상당히 불편했다. 홈즈는 물론 나도 이 젊은이가 현재 다루고 있는 문제를 얼마나 많이 알고 있는지 분명하지 않았다. 이 친구가 우리가 맡은 임무와 라센딜을 납치한 목적을 알고 있을까? 왕국을 전복하려는 루퍼트의 음모를 알고 있을까? 그걸 확인할 길이 없으니 이 친구와 그 상황을 논의할 수도 없었고, 심지어 홈즈와 내가 논의하는 것도 불가능했다. 뷰챔프도 루퍼트 백작의 이름을 들먹이는 것도, 또 우리가 곧 영국대사인 로저 경을 만나는 것도 별로 내켜하지 않는 것 같아서 대화는 그저 그런 이야기를 몇 마디 나누다가 끊어지곤

했다.

그러는 와중에 뷰챔프는 자신의 배경에 대해서 몇 가지를 말해줬다. 그는 루리타니아인 어머니와 프랑스인 아버지 사이에서 태어났지만, 교육은 영국에서 받았다고 했다. 홈즈는 자진해서 이러한 정보를 털어놓는 뷰챔프를 향해 방긋 웃고 있었지만, 그의 정신은 이곳이 아닌 다른 어딘가를 헤매고 있는 게 분명했다.

때때로 이어지는 대화를 제외하고는, 두 시간이나 이어지는 여행의 대부분이 침묵으로 일관됐다. 홈즈는 뭔가를 골똘히 생각하고 있었고, 뷰챔프는 좌석에 깊숙이 몸을 파묻고 새카맣고 작은 셰롯을 연신 피워대고 있었다. 그는 홈즈와 내게도 그 담배를 권했다. 나는 거절했지만 홈즈는 그걸 받아들였고, 마차 안은 순식간에 독한 냄새로 가득 찼다.

새벽의 어둠이 점차 가시자 루리타니아의 시골 풍경이 비로소 눈에 들어왔다. 가을이 영국보다 좀 더 일찍 찾아왔고, 떠오르는 태양이 내쏘는 햇살을 받은 나무들이 형형색색의 빛깔을 내뿜었다. 우리가 마차를 타고 가는 길은 숲 속을 구불구불 가로지르는 다듬어지지 않은 시골 길이 대부분이었고, 어떤 곳에서는 물이 가득 찬 넓은 구역을 빙 둘러갔다.

"저게 토이펠 호수입니다." 뷰챔프가 설명했다.

"전설에 따르면, 악마의 형제가 호수 밑바닥에 살고 있는데 언젠가 물 위로 떠올라 나라 전체를 물에 잠기게 한답니다."

그는 점잖게 껄껄 웃었다.

"삼림지대에서 화전을 부쳐 먹고 사는 농부 중 일부는 이 전설을 진실이라고 믿고 있어서 호수에 들어보지도 못했을 정도로 큰 잉어가 많이 살고 있지만, 원주민들은 이 호수를 피한다고 합니다. 요 전대 국왕은 그곳에 낚시하며 묵는 오두막을 소유하고 있었는데, 국왕이 세상을 떠나자 폐쇄되고 말았죠."

홈즈는 흠칫 놀라며 몽상에서 깨어나 무성한 나무들에 양옆을 가로막힌 채 드넓게 펼쳐진 회색빛 물을 내다봤다. 방금 뷰챔프가 언급한, 호수 맞은편에 위치한 오두막의 어둑어둑한 윤곽이 죽 이어진 숲을 가르고 있었다.

"저게 '젠다의 숲'인가 보죠?"

"맞습니다." 뷰챔프가 즉시 대답했다.

"숲 뒤쪽에 성이 자리 잡고 있죠."

홈즈는 수많은 나무로 호수가 보이지 않을 때까지 계속해서 차창을 통해 풍경을 관찰했다.

오전 7시가 거의 다 될 무렵, 우린 산등성이에 도착했다. 꼭대기에 회반죽을 바른 커다란 건물 하나가 버티고 있었는데, 벽에는 일정한 간격을 두고 담쟁이덩굴이 들러붙어 있었다. '보어스 헤드'라는 간판이 이곳이야말로 우리의 목적지라는 걸 말해주고 있었다. 가까이 다가갈수록 이곳이 왜 만남의 장소로 선택됐는지 분명해졌다. 주변에 다른 건물이 단 한 채도 없기 때문이었다. 산마루에 도착하자 자욱한 안개 너머로 저 아래쪽에 펼쳐진 루리타니아의 수도, 스트렐사우의 웅장한 모습이 눈에 들어왔다. 수도에서 가장 높은 곳에 해당하는 성당의 돔과 첨탑들이 회색의 장막을 뚫고 치솟아 붉게 빛나고 있었다.

우리가 모두 마차에서 내리자 여관의 조잡한 나무문이 활짝 열리며 흰색 앞치마를 두른, 안색이 발그레한 사내가 손을 흔들며 우릴 반겼다.

"저 사람이 여관 주인인 구스타프입니다. 당신들을 그저 중요한 손님으로만 알고 있죠." 뷰챔프가 속삭였다.

우린 여관주인으로부터 열렬한 환영을 받으며 여관 안으로 안내되었는데, 내부의 공기가 퀴퀴하고 추웠다. 뷰챔프의 감독 하에 마부가 우리의 여행 가방을 가져왔고, 뷰챔프는 구스타프에게 객실로 안내하라고 지시했다. 구스타프는 활짝 미소를 지은 채 허리를 굽실거리며 우릴 여관의 중앙부에서 일종의 내부 발코니라고 할 수 있는 곳으로 올라가는 폭넓은 계단 통으로 안내했고, 이어 간소하지만 널찍한 방으로 들어갔다. 객실에는 아침 식사 용으로 차가운 고기와 치즈가 차려진 식탁 하나가 놓여 있었다. 통나무를 땔감으로 사용하는 난로는 이제 막 불을 지폈는지 불꽃이 흔들거리며 세력을 넓히려고 기를 쓰고 있었다.

구스타프가 커피를 가지러 다급히 나간 사이에, 우린 코트를 훌훌 벗어 던지고 식사를 하기 위해 식탁에 얼른 앉았다. 뷰챔프가 자신의 회중시계를 들여다봤다.

"지금이 7시 15분입니다. 대사님께서는 한 시간 정도 있으면 도착하실 겁니다."

아침 식사가 싫지는 않았지만, 이른 시간에 차가운 걸 먹어야 한다는 게 별로 마음에 들지 않았다. 하지만 커피는 혀가 델 정도로 뜨거워서, 기분이 다시 좋아졌다. 식사를 마친 후, 홈즈와 나는 파이프 담배를 피웠고, 뷰챔프는 자신의 셰룻을 피웠다. 그의 요청에 따라 나는 쾰른 역에서의 모험에 관해 상세히 들려줬다. 그러는 동안, 홈즈는 의자에 몸을 깊숙이 파묻고 두 눈을 꼭 감은 채 명상하는 자세를 취했다. 뷰챔프는 파란 눈을 내 얼굴에서 한 번도 떼지 않은 채 귀를 쫑긋 세우고 이야기를 들었다. 그리고 마침내 이야기가 끝나자 홈즈의 침착성에 매료됨과 동시에 흠뻑 존경하는 마음이 든 것처럼 보였다.

"정말 놀라운 이야기입니다, 닥터 왓슨. 루퍼트 백작이 왜 당신들을 간절히 제거하고자 하는지 그 이유를 물어보는 게 실례라는 건 당연히 알고 있습니다. 전 백작이 이 나라로 돌아온 뒤 왕실 내에서 많은 적을 만들었다는 것과, 그의 무자비한 행동과 권력을 향한 열망에 관한 수많은 소문이 있다는 건 알고 있었지만, 루리타니아의 국경을 넘어서까지 영향력을 행사할 수 있으리라고는 지금까지 전혀 몰랐습니다. 닥터의 이야기는 그게 사실이라는 걸 확인시켜줬고, 런던에서 잽트 대령이 살해당한 것에 루퍼트가 어떤 식으로든 책임이 있다고 봐도 틀림이 없겠는데요."

내가 뭐라고 말을 꺼내기도 전에 홈즈가 상체를 앞으로 내밀며 뷰챔프에게 말했다.

"거의 확실하다고 봐야겠죠. 뷰챔프, 보다 급한 문제를 물어 봐야겠는데…… 루퍼트 백작은 젠다 성을 제외하고 사적인 거처 를 따로 마련해둔 곳이 있나요?"

"전 전혀 모릅니다."

"어떤 장소를 가리키는 듯한 소문도 없습니까?"

뷰챔프는 고개를 가로저었다.

"들어본 적이 없습니다."

홈즈는 의자에서 일어서서 창문을 활짝 열어젖히고는 아침의 신선한 공기를 크게 들여 마신 다음 뷰챔프가 앉아 있는 곳으로 되돌아왔다.

"그것참, 안타까운 노릇이로군요."

홈즈는 슬픈 어조로 말했다.

"루퍼트의 오른손쯤 되는 녀석이라면 자신의 두목으로부터 그런 정보를 얻어들을 정도로 신뢰를 받고 있는 줄 알았거든요. 특히 당신, 홀슈타인 남작처럼 백작과 가까운 사이라면요."

뷰챔프가 벌떡 일어서며 손을 재킷 안주머니로 뻗었지만, 홈 즈가 번개처럼 달려들어 강력한 어퍼컷을 턱에 날렸다. 뷰챔프 는 정신을 잃고 의자에 털썩 쓰러졌다.

"이게 도대체 무슨 일인가?"

나는 도무지 이 상황을 이해할 수 없어서 물었다.

"남작 나리께서 자그마한 무기를 사용하지 못하도록 막은 것 뿐일세." 홈즈는 뷰챔프의 재킷 안주머니에서 자그마한 데린저

피스톨을 꺼내며 대꾸했다.

"중요한 순간에 제대로 발사되지 않는 못 믿을 무기인 주제에 총집을 어깨에 차면 나 여기 있소, 라고 광고라도 하듯 재킷이 툭 불거져 나온단 말일세."

"그렇다면 뷰챔프가 우리의 적이란 말인가?"

"이 녀석은," 홈즈가 정신을 잃고 쓰러져 있는 몸뚱이를 가리키며 말했다.

"최근까지 루리타니아 기병대에 근무했고, 헨차우 백작의 최측근 중의 한 사람인 하인리히 홀슈타인 남작일세. 잽트 대령의 암살범이기도 하고."

"뭐라고!" 나는 숨을 거칠게 몰아쉬었다.

"자넨 그걸 어떻게 확신할 수 있나?"

"홀슈타인이라는 이름을 기억하고 있겠지?"

"물론이지. '체크무늬 모자'가 버넷트 로드의 집에서 그 이름을 들먹이는 걸 들었다고 하지 않았나?"

"바로 맞았네. 그리고 벌레스던 경을 방문했던 납치범이 'H.H'라는 이니셜이 각인된 담배케이스를 가지고 있었지. 여기의 이 친구와 마찬가지로 그 납치범도 새카만 셰룻을 피웠고, 그건 잽트 대령을 살해한 녀석도 마찬가지였네. 자네의 기억을 뒤적거리려보면, 살인범이 잔혹한 짓거리를 저지른 후에 담배를 즐긴다고 내가 언급했던 게 떠오를 걸세. 녀석이 남기고 간 담뱃재는 오해의 여지가 없는 뚜렷한 형태였고, 훈련이 잘되어 있는 내

눈으로는 그걸 쉽게 구별할 수 있었다네. 게다가 잽트 대령의 객실 재떨이에서 살인범이 셰룻에 불을 붙일 때 사용했던 타버린 성냥개비를 발견했지. 두 조각이 나 있더군. 그런데 뷰챔프가 성냥개비로 불을 붙인 다음 부러뜨리는 특이한 행동을 하더란 말일세. 심지어 마차 안에서 내게 불을 붙여주고도 성냥개비를 부러뜨려 창밖으로 던지더군. 녀석이 내게 담배를 권하며 내민 담배케이스의 모서리를 따라 검은색 테이프가 붙어 있었어. 이건 분명히 각인된 자신의 이니셜을 가리려는 수작이었고. 이런 것들이 베이커 가에 있을 때 찾아봤던 이름 중에서 하인리히 홀슈타인을 떠올리게 하더군. 이 나라의 대 귀족은 아니지만 나름 귀족 측에 드는 홀슈타인 가문에서 찾아냈다네. 홀슈타인은 3년 전까지 왕실 기병대에서 복무하다가 좀 모호한 이유로 갑자기 전역했다더군."

홈즈는 홀슈타인의 주머니로 손을 뻗어 담배케이스를 꺼냈다. 테이프를 떼어내자 그가 이미 예측했던 대로 'H.H'라는 각인된 이니셜이 드러났다.

"테이프가 비록 이니셜은 가렸지만, 이곳에 있는 문장(紋章)은 덮지 못했네." 홈즈는 왕홀(王笏) 위에 앉은 독수리 문양이 찍혀 있는 반대편 모서리를 가리켰다.

"홀슈타인 가문의 문장일세."

"우리가 영국을 떠나기 전에 이 모든 정보를 얻었단 말인가?" 나는 경이로움에 사로잡혀 입을 딱 벌리고 물었다.

"맞네. 그런데 이 녀석이 두 가지나 경솔하게 입을 놀려주는 바람에 적이라는 걸 더 쉽게 알 수 있었지. 그 첫 번째는 잽트가 살해됐다고 말한 점이었네. 잽트의 사망과 직접 관련된 사람들만이 자연사가 아니라는 걸 알 수 있었지. 자네도 생각나겠지만, 공식적인 발표는 잽트가 심장마비로 사망했다는 것이었네."

"홀슈타인이 실수했다는 또 한 가지가 뭔가?"

"홀슈타인이 가지고 다니는 지팡이를 살펴보게."

홈즈는 은으로 된 손잡이가 달린 지팡이를 내게 건넸다. 조심스럽게 샅샅이 살펴봤지만, 딱히 문제가 있다고 말할 만한 여지가 있는 걸 찾아내지 못했다.

"지팡이의 은 손잡이를 잘 살펴보게, 왓슨. 줄무늬로 세공된 부분 말일세."

"정교하게 새겨져 있구먼. 꽃무늬일세."

"어떤 꽃인가?"

"아!" 뭔가가 머리를 후려치고 지나가는 것 같았다.

"아주가로군!"

"바로 그것일세."

"이 친구, 간덩이가 부었군그래!"

"사실일세. 굉장히 오만한 녀석이라, 감히 이런 세세한 것들까지 관찰해서 연역적인 추론으로 그 뜻을 해석하고 진리에 도달할 수 있는 사람이 있으리라고는 전혀 상상하지도 않았던 것이네."

홈즈의 말이 더 이어지려는 순간, 갑자기 누군가가 문을 세게 노크했다. 우린 서로 근심스러운 눈길을 교환했다.

홈즈가 낮은 목소리로 말했다.

"문밖에서 보지 못하도록 얼른 홀슈타인 앞에 서게. 그리고 녀석에게 말을 하는 척하고."

홈즈가 대꾸를 하려고 문 앞으로 다가가는 동안, 나는 얼른 그의 지시대로 했다. 문을 열자 문간에 구스타프가 서 있었다.

"우린 지금 사적으로 아주 중요한 논의를 하고 있소. 나중에 다시 오도록 하시오." 홈즈가 지시했다.

얼굴에서 유쾌한 기색이 상당 부분 사라진 것처럼 보이는 구스타프의 붉은 얼굴이 홈즈의 어깨너머로 내가 홀슈타인과 열띤 대화를 나누는 것처럼 가장하고 있는 곳을 집요하게 힐끔거렸다. 여관주인은 떠나기가 아쉬운 듯 문간에서 한참 뜸을 들였다. 여관주인이 그러는 동안 홀슈타인의 몸이 꿈틀거렸다. 눈꺼풀이 바르르 떨리며 목이 꽉 막힌 듯한 신음을 토해냈다. 구스타프는 이 소리에 몸이 굳어지며 실내를 더 잘 들여다보려고 홈즈를 한 쪽으로 밀어붙였다.

홀슈타인이 다시 신음을 냈다.

"전적으로 동의합니다."

나는 중얼거리는 말에 대꾸하는 듯 재빨리 말하고 다정하게 홀슈타인의 어깨를 툭툭 쳤다. 그런 다음 구스타프가 정신을 잃고 쓰러져 있는 홀슈타인을 보지 못하도록 확실히 시야를 가리며 구스타프를 쳐다봤다.

"주인 양반, 방해하지 말아주시오. 아주 중요한 문제를 논의하는 중이라서요."

구스타프는 마지못해 자리를 비켰다.

문이 닫히자마자 홀슈타인이 눈을 껌뻑거리며 떴고, 이내 무슨 일이 벌어졌는지 알아차린 것 같았다. 의자 팔걸이를 거머쥐고 몸을 일으키며 도움을 요청하는 비명을 내지르려고 입을 벌렸다. 홀슈타인의 입에서 말이 흘러나오기 전에 내가 녀석의 턱에 강력한 주먹을 날렸다. 녀석은 다시 정신을 잃고 의자에 고꾸라졌다.

"잘했네, 왓슨." 홈즈가 말했다.

"이 녀석이 도와달라고 고함을 치려는 걸로 봐서는 적어도 이곳에 친구들이 있다는 것이고, 이 녀석의 친구들은 우리의 적이라는 게 확실해졌네. 따라서 녀석들이 우리를 공격하기까지 별로 시간이 없다는 뜻도 되는 셈일세. 이 녀석을 묶고 재갈 채우는 걸 좀 도와주게."

냅킨을 재갈로 찢어낸 침대 시트를 밧줄 삼아 홀슈타인을 의자에 단단히 묶었다.

"이제 어떻게 해야 하나?" 내가 물었다.

"탈출해야지. 우리가 들어온 방식 그대로 점잖게 떠날 수는 없겠지만." 홈즈는 말을 멈추더니 창문 쪽으로 걸어갔다.

"이곳이 우리 출구가 되어야 할 모양일세."

나도 홈즈 곁으로 다가가 창밖을 내다봤다. 8미터쯤 아래쪽에 마구간과 연결된 들판이 펼쳐졌다. 홈즈는 창문 왼쪽으로 6, 70 센티미터쯤 떨어진 벽에 달라붙은 담쟁이덩굴을 가리켰다.

"저걸 사다리로 이용하세나. 우리 가방을 가지고 가면 탈출하는 데 방해가 될 건 뻔하지만…… 루리타니아에 머무는 동안 값을 따지기 힘들 정도로 귀하다는 게 입증될 물건들이 다 들어 있는 내 여행 가방은 꼭 가지고 가야겠네."

"연막탄은 더 없는가?" 나는 씩 웃으며 물었다.

"아쉽게도 없네, 왓슨. 정말 좋은 의견인데 말일세."

우리는 조용하면서도 신속하게 탈출을 감행했다. 홈즈가 먼저 내려갔다. 홈즈는 민첩하게 창문 밖으로 나가 담쟁이덩굴을 타고 별 힘들이지 않고도 바닥까지 미끄러져 내려갔다. 홈즈가 내게 얼른 내려오라고 손짓했지만, 먼저 그의 가방을 떨어뜨렸다. 홈즈는 가방을 솜씨 좋게 받았다.

내가 홈즈보다 몸무게가 더 나가기에 담쟁이덩굴은 더 이상 버티지 못했고, 덩굴이 벽에서 통째로 떨어져 나가기 직전에 뛰어내려야 했다.

우린 서둘러 들판 맞은편에 있는 마구간으로 달려갔다. 행운의 여신이 우리 편이었는지 말 두 마리가 한가롭게 건초를 먹고 있었다. 비록 노쇠하고 관리를 잘 받지 못한 것처럼 보이기는 했지만, 우리의 탈출 수단인 것만은 분명했다. 마구간을 잠깐 둘러보자 그런대로 쓸 만한 마구(馬具)와 두 개의 오래된 안장이 나왔다. 얼른 말들에게 채워 달아날 준비를 했다. 그런 다음 말들을 끌고 도로에서 불과 2, 3미터 떨어진 여관 옆쪽으로 가서 얼른 올라탔다.

"자, 왓슨, 이제 바람처럼 달릴 준비가 됐나?"

홈즈가 눈동자를 반짝거리며 물었다.

"이 녀석들이 힘을 내주는 만큼 재빨리 달려보겠네." 나는 걸음이 전혀 빠르지 않을 게 분명한 말들을 내려다보며 대꾸했다.

홈즈는 산 아래쪽을 가리키며 말했다.

"스트렐사우까지 가는 걸세. 그곳에서 영국대사의 거처를 찾으면 되네."

우린 동시에 말을 재촉해서 튀어 나갔고, 말들의 겉모습이 믿을 게 못 된다는 걸 즉시 깨달았다. 지속적으로 훈련을 받은 덕분인지, 아니면 말 근육에 대한 내 지식이 보잘것없어서인지는 모르겠지만, 말들은 엄청난 속도로 길을 따라 달렸다.

산을 다 내려와서 모든 풍경이 평평해지자 홈즈가 손을 번쩍 들었다. 나는 간신히 말을 세웠다.

"무슨 일인가?"

홈즈는 기다란 팔을 쭉 뻗어 앞쪽의 도로를 가리켰다.

"저 멀리에서 피어오르는 먼지 구름이 보이나?"

"보이네."

"말을 탄 사람들이 이곳을 향해 전속력으로 달려오는 걸세. 이렇게 간신히 도망쳤는데 청색당 녀석들의 품으로 곧장 뛰어든

다면 좀 우습지 않을까?"

"자넨 저것들이 청색당일 거라고 생각하나?"

"그럴 가능성이 가장 크지. 저 녀석들은 이를테면 두 명의 포로를 데려가려고 보어스 헤드로 가는 길일 게 틀림없어. 말 탄 녀석들이 지나갈 때까지 말에서 내려 저 위에 있는 덤불 뒤에 숨어 있는 게 전략적으로 안전할 것 같네."

우린 홈즈가 제안하는 대로 했고, 잠시 후 말발굽 소리가 지축을 울리며 다가왔다. 녀석들이 접근해오자 우린 녀석들의 얼굴을 똑똑히 보려고 배를 깔고 앞으로 기어나갔다.

여덟 명으로 구성되어 있었는데, 모두 연청색 제복을 입고 있었다. 나는 등골이 오싹했지만, 안도의 한숨을 쉬었다. 그런데 내 시선을 사로잡은 건 일행보다 약간 앞서서 가볍게 말을 달리고 있는 지휘관이었다. 그는 허리를 꼿꼿이 편 채 안장 위에 앉아 있고, 군모는 잔뜩 멋을 부려 약간 삐딱하게 쓰고 있었다. 모자 아래쪽에는 잔인한 얼굴이 자리 잡고 있었는데, 얇은 입술 주위에는 조롱하는 듯한 차가운 미소가 박혀 있었고, 잔혹하고 강인한 눈동자가 빛을 발하고 있었다.

"저 녀석이," 홈즈가 속삭였다.

"헨차우의 루퍼트일세."

✦

11장

헨차우의 루퍼트

스트렐사우 시는 오래된 건물과 자갈이 깔린 좁은 도로들로
그 기원이 중세였음을 은연중에 드러내고 있었다. 비록 19세기
후반이긴 하지만, 현대의 특징이 이곳에 거의 영향을 미치지 못
한 것처럼 보였다. 그날 아침 8시를 조금 지나 아치형 성문을 통
해 수도로 들어선 셜록 홈즈와 나는 주변 환경의 정취 있는 예스
러움에 큰 감명을 받았다. 도로를 따라 다닥다닥 붙어 있는, 일
부가 목재로 지어진 주택들이 서로 환영이라도 하듯 양쪽에서
손을 내밀고 있었고, 화려하게 조각된 부드러운 색상의 석조건
물들은 런던의 수많은 건물을 더럽혀 놓은 연기와 안개의 피해
를 입지 않아 말끔했다.

이른 아침인데도 많은 사람이 이미 부산하게 움직이고 있었

다. 도시는 잠에서 깨어나 새로운 날을 활기차게 맞이하고 있었다. 우린 일을 하러 나가는 수도 시민들의 물결에 수월하게 섞여들어갔다. 훌륭하게 임무를 수행한 말들을 성문 옆의 말을 맡아주는 곳에 맡겨 배불리 건초를 먹고 충분히 쉴 수 있도록 조치했다. 그리고 그곳의 말 사육 담당자에게 영국대사관이 위치한 프리드리히스트라세의 방향을 물었다. 길을 제대로 잘 가르쳐줬는지, 약 15분 후에 우린 작지만 깔끔한 건물의 계단에 서 있었다.

홈즈는 초인종 소리를 듣고 나온 하인에게 자신의 명함을 건넸다. 하인이 우리가 왔다는 걸 주인에게 알리려고 황급히 걸음을 옮기는 동안, 우리는 홀에서 기다렸다. 하인은 2, 3분 정도가 흐르자 다시 돌아와 우리를 대사의 사무실로 안내했다. 사무실은 우아하게 치장되어 있었다. 유리창에는 빨간색 벨벳 커튼이 쳐져 있고, 바닥에는 중국산 깔개가 깔렸고, 금박을 두른 의자들과 커다란 크리스털 샹들리에가 아침 햇살을 받아 반짝거렸다.

반짝반짝 광이 나도록 잘 닦인 책상 뒤쪽의 창가에 위는 좁고 아래는 넓은 삼각형 모양의 구레나룻을 기른, 키가 작은 대머리 사내가 서 있었다.

"신사 양반들, 어서들 오시오!"

그는 우리가 들어서는 걸 보고 환영의 말을 쏟아내며 헐레벌떡 앞으로 달려 나와 따뜻한 악수를 했다.

"두 분 다 앉으시죠."

그는 불가에 놓인 의자를 가리켰다. 홈즈는 코트에서 마이크로프트의 편지를 꺼내 로저 경에게 건넸다. 경은 우리 맞은편에 짧은 다리를 쭉 펴고 앉아 그 편지를 형식적인 태도로 쭉 훑어봤다.

"신사 여러분, 나는 일이 어떻게 놀아가는지 몰라 혼란스럽기만 하다는 걸 고백하지 않을 수 없군요."

대사는 신경질적으로 헛기침했다.

"내가 이곳 스트렐사우에서 보통 하는 일이 근본적으로 외교적인 분야이고, 그런 일들은 상당히 일상적으로 반복된다는 걸 두 분이 알아줬으면 합니다. 계략이라든가, 스파이, 실종된 정보 요원 같은 것들은 내가 전혀 경험해보지 못한 분야의 일입니다."

홈즈는 동정이 간다는 듯 미소를 지었지만, 그의 눈동자에서는 온기라는 걸 전혀 찾아볼 수 없었다.

"그건 그렇고……." 대사가 계속 말을 이었다.

"두 분은 늦게 도착했는데도 전혀 미안해하는 기색이 없군요. 늦어진 이유에 대해서 말해줄 수 있나요?"

"이야기를 잘하는 건 왓슨입니다."

홈즈는 다소 퉁명스럽게 대꾸했다.

"아, 그러신가요?" 로저 경은 내 쪽으로 시선을 돌리고 설명이 기대된다는 듯 눈썹을 치켜세웠다. 나는 쾰른 역에서 벌인 모험에서부터 청색당의 '보어스 헤드'를 별로 우아하지 않게 탈출한 일까지를 간단하게 설명했다. 내 설명이 계속되는 동안, 홈즈는 눈썹을 잔뜩 찌푸리고서 초조한 듯 실내를 서성거렸다.

"후아!" 내 말이 끝나자 대사가 감탄을 터뜨렸다.

"정말 듣도 보도 못한 일이네요. 당신들은 정말 헨차우의 루퍼트 백작이 이 모든 악행의 배후인물이라고 확신하는 건가요?"

"100퍼센트 확신합니다." 홈즈가 차갑게 쏘아붙였다.

"그렇군요! 물론 그 사람이 국왕께 두어 가지 문제를 불러일으켰다는 건 알고 있었지만, 이처럼 심각한 줄은 전혀 몰랐어요. 어쨌거나 마이크로프트 홈즈 씨로부터 다소 아리송한 전문을 받았던 터라 나 자신이 직접 역에 나가 '골든 라이온'이 도착하기를 기다렸는데, 당신들이 타고 있지 않아 최악의 상황이 벌어진 게 아닐까 걱정하던 중이었죠."

대사는 손등으로 눈썹을 훔쳤다.

"술을 마시기에는 좀 이르다는 걸 알고 있지만, 정신이 하나도 없을 정도로 뒤숭숭하니 브랜디를 한잔 했으면 합니다. 당신들도 함께 한잔 한 다음에 내가 어떤 것을 도와줄 수 있는지 상의하면 어떨까 하는데…… 잠깐 실례해도 될까요?"

대사는 말이 끝나기가 무섭게 벌떡 일어서서 황급히 사무실을 빠져나갔다.

홈즈의 얼굴은 서리가 내린 듯 냉랭하게 굳어 있었다.

"무슨 일인가, 홈즈? 자넨 이곳에 도착한 이후로 이상하게 행동하고 있네. 로저 경을 상당히 무례하게 대했고."

"뭔가가 잘못됐네, 왓슨. 지금 당장엔 그게 무엇인지 정확하게 지적할 순 없지만, 뭔가가 잘못된 건 틀림없네."

"직감을 판단의 근거로 삼기 시작했다는 말은 아니겠지?"

"그거야 당연히 아니지! 내 느낌이 아니라 정신이 뭔가 문제가 있다고 속삭이고는 있지만, 그걸 밝히는 사고 과정이 제대로 작동하지 않고 있네. 그 이유를 꼭 집어낼 수 없단 말이야."

홈즈는 손바닥으로 눈을 문지르고 눈썹을 톡톡 두들겼다.

문이 열리고 로저 존슨 경이 브랜디 잔 세 개와 술병 하나가 놓인 은쟁반을 들고 들어왔다. 그는 쟁반을 자신의 책상 위에 내려놓았다.

"이건 젠다의 포도원에서 혼합된 루리타니아 산 브랜디입니다. 맛이 꽤 독특한데, 원기를 북돋우는 데는 이것만한 게 없죠."

로저 경은 우리 잔에 상당히 많은 양을 부었다.

"두 분의 임무를 방해하는 일들이 더 이상 벌어지지 않기를 기원합시다."

나는 따끈한 액체를 한 모금 길게 들이마셨다. 불기둥이 목구멍을 타고 내려가는 것 같았다. 홈즈도 나처럼 브랜디를 듬뿍 들이마셨다가 갑자기 날카로운 비명을 지르며 술잔을 바닥에 내팽개쳤다.

"마시지 마, 왓슨!"

홈즈는 내 손에 든 술잔을 쳐내며 소릴 질렀다.

"왜 이러는 건가?"

"뭔가가 있다는 걸 알고 있었어."

홈즈가 소리쳤다.

"그건 구두가 너무 깨끗하다는 것이었어."

하지만 이미 그의 말이 그냥 윙윙거리는 소리로만 들렸고, 실내의 선명한 색상들이 눈앞에서 합쳐지기 시작했다. 커튼의 붉은색이 크림색의 벽으로 파고들어 피처럼 줄줄 흘러내렸고, 앞으로 비칠거리며 나아가자 발밑에 있던 바닥이 나를 마중하러 나왔다. 최후의 어둠이 나를 감싸는 순간에야 마취됐다는 걸 깨달았다.

***

나는 몸을 부르르 떨며 잠에서 깨어났다. 얼굴에 얼음처럼 차가운 물이 갑작스럽게 쏟아지는 충격에 숨이 막혀 헉헉거렸다. 비록 강제적이긴 하지만, 순식간에 어두운 터널을 빠져나와 제정신을 차렸다. 시야가 밝아지고 눈에 초점이 맺히기 시작하자, 주변 상황을 확실하게 알아볼 수 있었다. 나는 이제 영국대사관의 호화로운 사무실이 아니라 어두컴컴하고 간결하게 치장된 곳에 자리 잡고 있었다. 어두운 색상의 떡갈나무로 세워진 사방의 벽에는 다양한 짐승 머리와 고대의 무기로 장식되어 있었다. 초저녁의 핑크색 햇살이 왼쪽에 있는 두 개의 작은 창문을 통해 들어왔다. 서너 개의 석유 램프와 돌로 만든 조잡한 벽난로 속에서 활활 타오르고 있는 통나무만이 실내를 밝혀주고 있었다.

나를 마취시켰던 약물의 기운과 아직도 얼굴에 달라붙어 있는 물방울을 털어버리려고 얼굴을 세게 흔들었다. 나는 팔걸이가 있는 나무의자에 단단히 묶여 있었고, 나와 똑같은 신세인 셜록 홈즈도 찬물 세례를 받고 정신을 차린 것 같았다. 이 일을 벌인 범인은 아직도 물이 뚝뚝 떨어지는 양동이를 들고 있는 로서경이었는데, 펄럭거리는 불빛이 그의 음흉한 얼굴을 환하게 비추고 있었다.

하지만 내 눈길을 끈 것은 실내에 있는 다른 두 사람이었다. 그들은 이 일을 즐기려는 듯 나란히 서서 홈즈와 나를 지켜보고 있었다. 키가 크고 자세가 꼿꼿한 홀슈타인 남작은 바로 알아볼 수 있었다. 피우고 있는 셰룻을 빨아들일 때마다 빨간 불빛이 그의 얼굴을 살짝살짝 드러나게 하였다. 세 번째 형체는 어두운 곳을 벗어나 약간 앞으로 나와 서 있었는데, 잔인하고 냉혹한 그 상판대기를 단 한 번 흘깃 봤음에도 불구하고 그게 헨차우의 루퍼트 백작의 것이라는 걸 당장 알아볼 수 있었다.

"선생들이 깨어나는 걸 보니 반갑구려."

백작은 낮고 부드러운 목소리로 기분 좋게 말했다.

"국왕의 사냥 오두막에 잘 오셨소. 루돌프 국왕 폐하께서 선생들을 손수 맞이할 수 없어 미안하지만, 폐하의 건강이 좋지 않은 탓이니 양해해줬으면 하오."

백작은 마음에도 없는 헛웃음을 잠깐 터뜨렸다.

"하지만 폐하께서 이곳에 없어도 별로 상관은 없지 않겠소? 선생들도 알고 있겠지만, 머지않아 내가 단순히 이곳 오두막뿐만이 아니라 모든 재산과 토지, 칭호, 수행원, 루리타니아의 왕권을 포함한 국왕의 부속물 모두에 대한 소유권을 차지하게 될 테니까 말이오."

백작의 얼굴에서는 사악한 오만함이 번들거렸다. 위험한 꿈을 키웠던 예전의 적수들에게서 볼 수 있었던 광기의 불꽃이 그의 얼굴에서 피어오르고 있었다.

"내가 이 게임에서 우위를 점할 수 있도록 도움을 준 게 너희의 동포인 라센딜이라는 작자라는 걸 알면 무척이나 반가워할 것 같군."

홈즈는 단 한 마디도 하지 않고 침묵으로 일관했는데, 가면 같은 얼굴에는 그가 어떤 생각을 하고 어떤 감정을 느끼고 있는지 전혀 드러나지 않았다. 이러한 무반응이 백작의 분노를 불러일으켰다. 백작의 입술에서 미소가 사라졌다.

"자넨 날 상당히 불편하게 했어, 홈즈."

백작은 장갑 낀 손가락으로 내 친구를 가리키며 말을 이어갔다.

"런던 공작에 무모하게 끼어들어 내게 충성을 다하는 요원 세 명이 목숨을 잃도록 만들었다. 쾰른에 쳐놓은 그물도 미꾸라지처럼 빠져나갔고, 심지어 이곳에서도 남작의 발톱에서 벗어났으니, 원."

홀슈타인은 홈즈를 냉랭한 눈길로 쏘아보고 있는데, 긴장하고 서 있는 자세로 미뤄보아 화를 간신히 참고 있는 것 같았다.

헨차우의 루퍼트가 다시 입을 열었다.

"하지만 너희 영국 대사관에서 사로잡혔으니 이런 아이러니

가 따로 없군."

나는 악당 녀석이 오만한 태도로 우리를 조롱하는 걸 더는 두고 볼 수 없었다.

"당신이 심어놓은 또 다른 사기꾼이자 반역자 덕분이지."

나는 비난을 퍼부었다.

"로저 경은 자신이 어느 쪽에 서야 가장 큰 이득이 되는지를 헤아릴 줄 아는 현명한 사람이오."

루퍼트가 능글맞게 대꾸했다.

나는 혐오감이 가득한 눈길로 변절자를 노려봤지만, 대사는 나와 눈을 마주치지 않으려고 했다.

"로저 경을 너무 몰아치지 마시오."

루퍼트가 차분한 목소리로 끼어들었다.

"여러 해 동안 할 일도 거의 없이 타국에 처박혀 있던 따분하고 외로운 사람이니까. 경은 약간의 기분전환과 약간의 위안거리가 필요했을 뿐이오. 그리고 권력과 돈은 남을 설득하는 데 가장 큰 힘을 발휘하는 법이지."

"권력과 돈이야말로 다른 사람을 타락하게 하는 가장 좋은 요소이고, 특히 원칙이 없는 사람이 원칙이 없는 사람에게 사용할 때 가장 효과적이지." 홈즈가 심드렁하게 한마디 했다.

"아, 홈즈 씨, 드디어 우리 두 사람의 대화에 끼어들었구먼. 자네의 뛰어난 재능에 대해서는 당연히 귀가 아프도록 들어봤는데, 그런 사람을 런던에서 이곳까지 허겁지겁 달려오도록 해서 목숨을 끊을 수 있게 꾸민 나 자신의 능력에 감탄하는 중일세."

홈즈는 살짝 미소를 지었다.

"당신처럼 저능한 친구가 내 경력을 끝장내도록 놔둔다면 내가 별 볼 일 없는 사람이겠지. 당신보다 훨씬 뛰어난 작자들이 별별 수단을 다 써봤지만 결국 실패했다는 걸 알고 있나?"

루퍼트가 폭소를 터뜨렸다.

"허세가 대단하군! 곧 튀겨질 닭처럼 손발이 꽁꽁 묶여 있는 데도 자신이 우위를 점하고 있다고 믿다니, 원. 낙관주의가 결국 현실을 이긴다는 전통적인 믿음인가? 그게 영국인들의 병폐란 말이야. 이런 건 이튼 학교의 운동장에서 배운 게 틀림없겠죠, 로저 경?"

작달막한 반역자는 이 자리가 상당히 불편해 보였다.

"원래 하던 일이나 계속합시다. 이 자들을 죽이고 일을 끝내자고요." 그는 작은 목소리로 조급하게 말했다.

"이 양반이 신사라는 너희의 죽음을 얼마나 열렬히 원하는지 봤겠지? 네놈들의 피가 다 흘러나올 때까지 기다릴 수가 없나 보군." 백작이 느물거렸다.

"우리가 자신의 반역 행위를 증명하는 상징이기 때문에 우리를 없애려고 기를 쓰는 거라고. 이 자가 그렇게 몰아가는 건 겁쟁이의 본능 때문이 아닐까?" 나는 대놓고 반역자를 조롱했다.

나의 비웃음이 반역자의 내부에서 동물적인 분노의 불길을 점화시켰는지, 주먹으로 때리려는 듯 내 앞으로 걸어나왔다. 하지만 백작이 반역자를 제지했다.

"다 때가 있는 법이오. 이 자들을 제거하고 싶어 하는 사람이 경 혼자만은 아니오. 여기 있는 남작도 이 자들이 그를 방해한 것에 대해 고통받기를 열렬히 원하고 있단 말입니다."

홀슈타인은 눈을 가늘게 뜨고 우리를 노려보면서 담배 연기 를 연신 우리가 있는 쪽으로 불어대고 있었다.

"내 턱이 약간 쑤시긴 합니다. 하지만 그런 걸 마음에 담아두 진 않겠습니다. 그에 대한 벌칙으로 죽음이면 충분할 테니까요."

루퍼트는 공모자를 향해 씩 웃어 보이고는 얼굴을 돌려 홈즈 와 나를 잔뜩 조롱하는 눈길로 쳐다봤다.

"아, 홈즈 씨와 닥터 왓슨, 나는 이제 가봐야겠소. 그렇지만 보 다시피 당신들을 돌봐줄 장정들은 두고 갈 테니 섭섭해하지 마 시구려. 슬프게도 이틀 후에 있을 보헤미아 국왕의 방문과 관련 해서 내가 직접 신경을 써야 할 긴급한 문제들이 워낙 많아서 말 이오. 그러다 보니 당신들을…… 내 손으로 죽이는 기쁨을 누릴 수가 없게 됐소."

"루퍼트 백작," 홈즈가 이를 악물며 소리쳤다.

"당신이 떠나기 전에 말해줄 게 한 가지 있소"

우리의 적수는 잠시 어리둥절한 표정을 짓더니 흰 이를 드러 내며 웃었다.

"마지막으로 남기는 말은 아니겠지?"

그는 머리를 뒤로 젖히고 목이 터지라고 폭소를 터뜨렸다.

"남작, 이 사내의 묘비에 새겨 넣을 수 있도록 기록을 해두는 게 좋겠군."

홈즈는 루퍼트의 반응에 화를 내지도, 실망하지도 않았다.

"어이, 탐정 나리, 하실 말씀이 뭔가?"

루퍼트는 흥을 가라앉히고 물었다.

"이건 당신이 신중하게 생각해보라고 하는 말이오. 당신이 왕관을 차지했다고 칩시다. 그걸 어떤 방법으로 안전하게 지킬 생각이오? 당신 자신이 왕권을 이렇게 찬탈하면 된다는 걸 보여준 셈인데, 다른 사람들도 그걸 보고 모방하지 않을까? 여기에 있는 홀슈타인을 예로 들어봅시다. 이 사람이 언제까지 당신의 부하라는 자리에 만족할 것 같아요? '사악한 친구들의 사랑은 두려움으로 변질된다'라는 셰익스피어의 말(희곡 〈리처드 2세〉에 등장하는 대사)이 이런 상황에 딱 들어맞을 것이오. 당신은 누구도 믿지 못하고 항상 경계심을 늦추지 않아야 할 것이오. 그리고 엘프베르크 왕조를 지지하는 사람들이…… 당연히 자신들 것이어야 한다고 여기는 왕권을 되찾기 위해 항상 틈을 보고 있을 것이고. 기회가 있을 때 이 미친 게임을 그만두도록 하시오. 이후에는 더이상 이런 기회가 없을 테니까."

"아주 훌륭한 연설이었소, 홈즈 씨. 하지만 내가 스스로의 운명을 거부할 수 없다는 건 깨닫지 못한 것 같구려. 나는 내 나라의 왕관을 머리에 쓰고 지배하는 운명을 타고났소. 루돌프는 허약하고 무능한 왕이오. 루리타니아가 울부짖으며 애타게 부르고 있는데, 나는 그걸 못 들은 척할 수가 없소."

말이 끝남과 동시에 헨차우의 루퍼트는 바람이 휘몰아치듯 방 밖으로 나갔고, 조금 후에 그의 말이 내달리며 내는 말발굽 소리가 들렸다. 방 안의 모든 사람은 잠시 동안 석상이라도 되는 듯 꼼짝도 하지 않았고, 불타고 있는 통나무가 갈라지며 내는 소리만이 유일하게 적막을 깨부수곤 했다.

홀슈타인 남작이 첫 번째로 몸을 움찔거렸다. 그는 물고 있던 세룻을 벽난로 안으로 집어 던지고는 홈즈와 내가 있는 쪽으로 돌아섰다.

"이제 좀 즐길 시간이로군."

으스스한 말을 나지막하게 내뱉는 남작의 얼굴에서는 보어스 헤드로 향하는 마차 안에서 내보였던 젊은이다운 진솔함이 사라지고 강인하고 사악한 표정만이 그 자리를 대신하고 있었다.

로저 존슨 경은 여전히 신경질적이고 불안해 보였다. 자신이 저지른 반역행위가 어떤 의미를 가졌는지를 이제 완전히 깨달은 탓인 게 분명했다. 돈과 권력에 대한 약속으로 그의 탐욕스러운 눈이 현실 상황을 직시하지 못했던 것이리라. 이와 같은 유혈사태가 벌어지리라고는 생각조차 해보지 못한 것 같았다.

"당신은 이렇게 해서 뭘 얻을 수 있소?"

내가 도발적인 질문을 던졌다.

"은 30냥[3] 영국이 우리의 죽음에 대해 아무런 조사도 하지 않

---

[3] 유다가 예수를 팔고 받은 대가로, 로저 경이 영국을 배신한 것을 비꼬는 말.

고 순순히 받아들일 것으로 생각한 것이오? 누군가가 수사하기 위해 이곳으로 올 것이오. 그들도 다 죽일 셈이오?"

난로 불빛에 비친 대사의 얼굴은 불안한 듯 연신 실룩거렸다.

"얼른 이 일을 끝내버립시다."

그는 식식거리며 홀슈타인에게 소리쳤다.

"너무 초조해하지 마시오, 친구. 아무 희망도 없는 녀석이 마구잡이로 내뱉는 말이니까요."

홀슈타인은 대사의 재촉에도 아무렇지도 않다는 듯 대꾸하며 쇠로 된 부지깽이를 불구덩이에 깊숙이 찔러 넣었다.

"이 영국인 친구 두 명이 내가 볼일을 다 마쳤을 때도 지금처럼 용감한지 두고 보기로 합시다."

로저 경은 방 안에 있는 사람들이 다 들을 수 있을 정도로 헉 소리를 내며 숨을 들이쉬었다.

"지금 무슨 짓을 하려는 것이오?"

그는 몸을 덜덜 떨며 물었다.

홀슈타인은 자신의 턱을 만지작거렸다.

"이 녀석들이 내게 자신들의 흔적을 남겼으니, 나도 고맙다는 표시는 해야죠."

"왓슨, 자네도 이제 알겠지?"

홈즈가 의젓한 목소리로 말했다.

"떠도는 소문과는 달리 이곳 출신 중 몇몇은 여전히 야만인이란 말일세. 네안데르탈인 정도의 지능이나 가지고 있을까?"

홈즈가 이처럼 도발적인 험담을 늘어놓는 것은 시간을 벌기 위해서였다. 그건 홈즈가 말을 하면서도 밧줄을 느슨하게 하기 위해 손가락을 열심히 움직이는 것으로 분명해졌다. 하지만 그의 노력은 허사로 돌아가고, 밧줄은 꿈쩍도 하지 않았다.

홀슈타인은 홈즈의 도발에도 그저 껄껄 웃기만 했다. 홀슈타인은 불구덩이에서 부지깽이를 꺼내 벌겋게 달아오른 끝 부분으로 홈즈의 얼굴을 가리켰다. 둔중하게 빛나는 부지깽이의 호박색 불빛이 홈즈의 얼굴 위로 쏟아졌다.

"홈즈 씨, 이제 어디에 내 표식을 남겨드릴까?"

홀슈타인은 이죽거리며 천천히 홈즈 쪽으로 다가갔다.

✤

12장

플라비아 왕비

홀슈타인이 겁을 주듯 셜록 홈즈에게 다가선 직후에 벌어진
일들은 워낙 빠른 속도로 전개됐던 터라, 지금도 머릿속으로 그
당시를 회상하면 으스스한 팬터마임의 장면들이 하나하나 펄럭
거리며 넘어가는 듯했다. 홀슈타인이 벌겋게 단 부지깽이로 홈
즈의 얼굴에 낙인을 찍으려고 할 때, 그렇지 않아도 이미 숨을
죽이고 있던 내가 숨 쉬는 걸 잊을 정도로 급작스럽게 맞은편의
문이 활짝 열렸다. 소음이 들려오는 곳을 향해 남작과 로저 경이
황급히 돌아서자 군복 차림의 건장한 사내가 문간에서 검을 뽑
아들고 있었다.

그 사내가 아무런 말도 없이 군도를 휘두르며 홀슈타인을 향
해 달려들자, 홀슈타인은 눈앞에 닥쳐온 위험에 대한 반응으로

부지깽이를 낯선 자에게 내던졌다. 부지깽이는 사내의 팔에 맞았고, 아주 잠시 동안 뭔가가 타는 듯한 고약한 냄새를 풍기더니 바닥으로 떨어져 마룻장에 생채기를 남겼다. 날아든 부지깽이가 습격자에게 상처를 입히지는 못했지만, 약간 머뭇거리게 함으로써 홀슈타인에게 벽을 장식하고 있던 검 중 하나를 뽑아들 시간을 주기에는 충분했다.

두 사내가 서로 마주 서서 들고 있는 검으로 찌르고 막기를 시작하자 로저 경은 겁을 잔뜩 집어먹고 벽난로 옆의 구석으로 몸을 피했다.

홈즈와 나는 두 사람이 검을 자유자재로 다루며 싸우는 모습을 눈으로 지켜보면서 결박하고 있는 밧줄을 풀려고 온 힘을 다했다. 계속해서 몸을 움찔거리며 힘을 쓰자 밧줄이 서서히 느슨해지면서 움직이는 게 좀 더 수월해지기 시작했다. 몸이 자유로워지려고 너무 열심히 흔들어대다가 하마터면 의자를 자빠뜨릴 뻔했다. 난쟁이 같은 로저 경이 이 모습을 보더니 무서워서 그런건지, 아니면 아직 용기가 손톱만큼 남아 있어서 그런 건지 벽난로 옆에 쌓인 땔감 더미에서 작은 장작 한 개를 잡아들고 그걸로 나를 때리려고 앞으로 움직였다. 그가 다가오자, 홈즈가 재빨리 있는 힘을 다해 두 발을 뻗어 그 악당이 바닥에 납작하게 엎어지도록 만들었다. 그런 다음, 홈즈는 여전히 의자에 몸이 묶인 채로 벌떡 일어서서 안간힘을 쓰며 벽난로 쪽으로 갔다. 그곳에서 몸을 돌리더니 의자의 등받이를 돌로 된 부분에 세게 부딪쳤다.

홈즈가 연속적으로 재빨리 두 번 더 부딪치자 의자의 나무가 비명을 지르며 갈라지고 떨어져 나가 분해되기 시작했다.

한 번 더 의자를 부딪치자 팔걸이가 의자의 몸체 부분에서 분리됐다. 로저 경이 다리를 후들거리며 간신히 일어섰지만, 마침내 밧줄의 구속에서 벗어나 자유의 몸이 된 홈즈가 반역죄를 저지른 외교관에게 정통으로 주먹을 날려버렸다. 로저 경은 비명을 내지르며 비틀비틀 뒤로 물러서다가 결국 결투를 벌이고 있는 두 사람의 중간에 끼어들었는데, 때마침 홀슈타인이 자신의 검을 앞으로 찌르고 있었다. 레이피어는 깜짝 놀라 멍하니 서 있는 반역자의 심장 바로 아래쪽을 찔렀고, 반역자는 가냘픈 비명과 함께 가슴을 부여안고 바닥에 주저앉았다.

홀슈타인은 이 갑작스러운 상황 변화에 잠시 얼이 빠졌고, 군복의 사내는 이 틈을 타 벼락같이 빠르게 칼로 홀슈타인의 팔뚝을 꿰뚫을 수 있었다. 홀슈타인은 헉하고 숨을 내쉬고는 휘청거리며 뒤로 물러섰다. 코트의 소매 위로 피가 솟아 나오자 홀슈타인은 분노에 찬 고함을 내지르며 낯선 자를 향해 앞으로 돌진했다. 이건 검술의 기교라기보다는 그저 화를 못 이겨 한 행동이었고, 이성을 잃어버린 행동으로 인해 낯선 자의 검은 쉽사리 또 다른 표적을 적중시킬 수 있었다. 이번에는 상처가 더 컸던지 홀슈타인이 비명을 내지르며 뒤로 물러서다가 의자에 털썩 주저앉았다. 상대방이 검을 번뜩이며 재빨리 전진했다.

홀슈타인이 이제 고통과 분노에 사로잡혀 검을 마구잡이로 휘두르고 있는 판이라 낯선 자는 그의 공격을 손쉽게 흘려버리고 그때마다 가차 없이 전진했다. 잔뜩 독이 오른 홀슈타인이 목청이 터지라고 소리를 지르며 발악적으로 검을 찔렀다. 그의 검이 공기를 가르는 소리가 들리는 것 같았다. 낯선 자는 옆으로 몸을 피한 후, 자신의 검으로 전혀 보호받지 못하고 있는 남작의 몸통을 찔렀다.

고통에 찬 홀슈타인의 눈동자가 미친 듯이 돌아가고, 입은 뭔가를 말하고 싶은 듯 바쁘게 움직였지만, 목이 막힌 것 같은 꺽꺽거리는 소리만 새어 나왔다. 홀슈타인의 몸이 쾅 소리와 함께 벽에 부딪혔다. 낯선 자는 재빨리 전진해서 매서운 고함을 내지르며 검 끝을 홀슈타인의 가슴에 찔러 넣었다. 남작은 분노에 찬 마지막 숨을 거칠게 내쉬면서 머리를 뒤로 돌려 고통으로 일그러졌지만 여전히 사악한 웃음을 입가에 머금은 얼굴로 우리를 노려봤다.

"잘들 있게나."

홀슈타인은 꺽꺽거리며 간신히 말했다.

"나의 위대한 꿈과도 오랫동안 작별해야겠군."

그는 여전히 검을 휘두르며 두어 걸음 비틀거리더니 무릎을 꿇었다. 입에서 피가 흘러나와 목이 막히면서도 비통한 웃음을 터뜨렸다. 그러다가 결국 얼굴을 바닥에 박았다. 함께 반역을 도모한 영국인 동료로부터 불과 3, 40센티미터밖에 떨어지지 않은 곳이었다.

아무도 움직이지 않아 실내는 잠시 동안 적막에 잠겼다. 홈즈와 나와 낯선 자는 피비린내 나는 전투장면을 정지 동작으로 재현하는 배우들 같았다. 결국, 적막을 깨뜨린 건 검객이었다.

"전 위대한 국왕이신 루돌프 5세 폐하의 군대에서 장교로 복무하는 프리츠 폰 탈렌하임입니다."

그는 구두 뒤축을 딱 마주치며 절도 있게 인사했다.

"우리는 당신의 대의명분에 동조하는 친구요."

홈즈는 승리자에게 손을 내밀며 말했다.

"저도 그렇게 알고 있습니다, 선생님. 그렇지 않았다면 루퍼트 백작의 포로가 되지 않았을 테니까요."

"나는 셜록 홈즈라고 합니다."

"그 유명한 영국의 탐정이신가요?"

홈즈는 그렇다는 뜻으로 의젓하게 고개를 끄덕였다.

탈렌하임은 다시 홈즈의 손을 잡고 열정적으로 악수했다.

"선생님을 뵙게 돼서 정말 영광입니다. 선생님의 천재성을 두루 읽었습니다."

"그리고 나는," 나는 다소 퉁명스런 어조로 끼어들었다.

"여전히 묶여 있는데요, 신사 양반들."

두 사람은 마주 보고 씩 웃었고, 홈즈가 얼른 결박을 풀어줬다.

"이 사람은 내 친구이자 전기 작가인 닥터 왓슨이요." 간신히 자유의 몸이 된 내가 탈렌하임과 악수를 하자 홈즈가 소개했다.

"우린 당신네 잽트 대령이 부탁한 임무를 수행하려고 이곳 루리타니아에 왔어요. 대령은 루돌프 라센딜의 행방을 알아내기 위해 런던에서 우리를 찾아왔더군요. 우린 라센딜의 흔적을 따라 스트렐사우로 가는 중이었소."

"라센딜이 스트렐사우에 있다는 겁니까?"

"그 사람이 수도에 감금되어 있는지는 잘 모르겠지만, 당신네 나라에 있는 것만은 확실해요."

탈렌하임의 얼굴에는 어리둥절해하는 표정과 불안해하는 표정이 동시에 나타났다.

"홈즈 씨, 이 일과 관련된 이야기를 다 해주시길 바랍니다."

벽난로의 불길이 점점 잦아들고 있는 가운데, 셜록 홈즈는 제2의 천성이라고도 할 수 있는 간결하면서도 중요한 것을 정확하게 정리하는 말솜씨로 잽트가 우리의 거실을 방문한 것부터 대사의 사무실에서 마취 당했던 부분까지 하나도 빠뜨리지 않고 설명했다. 홈즈의 설명이 잽트의 피살 사건에 이르렀을 때, 탈렌하임은 괴로운 신음을 토해내며 주먹으로 벽난로 선반을 후려갈겼다.

"루퍼트, 네놈의 피로 이 대가를 치르게 해주겠다!"

탈렌하임은 굳게 맹세했다.

"내 비록 그 과정에서 목숨을 버리는 한이 있더라도 맹세코 네놈의 목을 따고 말겠다!"

우리를 해방시켜준 사람은 잠시 동안 슬픔과 분노가 뒤섞인 복잡한 감정을 다스리려고 애썼고, 어느 정도 안정을 되찾자 홈즈에게 이야기를 계속해달라고 재촉했다. 홈즈의 설명이 끝나자, 탈렌하임은 벽난로 선반에 몸을 기대고 불타는 장작을 노려보며 생각에 잠겼다.

"상황이 제가 상상했던 것보다 훨씬 더 나쁘군요."

탈렌하임이 마침내 입을 열었다.

"전 루퍼트와 청색당의 은밀한 움직임과 작전을 철저히 감시하고 있다고 생각했었는데, 그게 틀린 생각이었나 봅니다. 어쨌거나 라센딜은 젠다 성이나 보어스 헤드 여관이나 청색당의 당원들이 주둔지로 사용하고 있는 베렌슈타인 요새에는 감금되어 있지 않다고 확신합니다. 그곳들은 우리 요원들이 24시간 감시하고 있으니까요. 이 사냥 오두막도 마찬가지였습니다."

탈렌하임은 쳐다보던 불꽃에서 눈을 떼고 우리를 향해 돌아섰다. 그는 균형이 잘 잡힌 다부진 체격에, 풍성한 콧수염과 날카로운 갈색 눈으로 장식된 잘생긴 얼굴의 소유자였다.

"루퍼트는 폐하께서 더는 이곳을 사용하지 않으시자, 최근에 밤을 이용하여 이곳에서 회의를 열곤 했습니다. 물론 자신이 거둔 과거의 승리를 맛본다는 의도였죠. 폐하께서는 대관식이 예정된 날에 이 오두막에서 마취되어 납치되셨거든요. 저는 지난 주에서야 부하들을 시켜 숲 속의 은신처에서 이곳을 감시하도록 했습니다."

탈렌하임은 딱딱한 표정을 약간 부드럽게 했다.

"두 분의 목숨을 구한 건 그때 마침 임무 수행 중이던 장교입니다. 루퍼트가 홀슈타인과 함께 어떤 사내 한 명과 마취된 두 명의 포로를 데리고 도착하는 걸 보자마자 즉시 제게 보고했고, 전 한번 살펴볼 필요가 있다고 판단했습니다."

"귀관이 그렇게 해주신 것에 대해 진심으로 감사드립니다." 나는 탈렌하임에게 감사의 말을 전했다.

"혹시 말입니다," 홈즈가 끼어들었다.

"귀관은 로저 존슨 경이 공모하고 있다는 걸 이미 알고 있었나요?"

"그럴 거라고 의심은 하고 있었지만, 뚜렷한 증거가 없었습니다. 증거를 확보했다면, 영국 정부에 즉시 통보하고 저희가 직접 손을 썼을 겁니다."

우린 본능적으로 영국 대사의 뒤틀린 모습으로 눈길을 돌렸다. 조국에 등을 돌린 동족에게는 뭔지 모를 슬픈 기운이 있었지만, 나는 뻔뻔한 짓을 저지른 난쟁이 같은 녀석에게 일말의 동정심도 가질 수가 없었다.

"라센딜이 이곳 루리타니아에 있고," 탈렌하임의 말이 이어졌다.

"폐하의 역할을 하도록 종용받고 있다면, 우린 크나큰 위기에 직면하게 됩니다. 행동을 취할 시간이 거의 없거든요. 보헤미아의 국왕께서 이틀 후에 이곳에 도착합니다. 우리가 도대체 무엇을 할 수 있겠습니까?"

"우선, 용기를 잃지 않는 게 중요합니다." 홈즈가 조언했다.

"우리가 해야 할 가장 시급한 과제는 청색당에 붙잡혀 있는 라센딜의 소재를 찾아내는 겁니다."

"만약 우리가 그 소재를 찾아낼 수 있다고 하더라도, 라센딜이 우리를 어떻게 도울 수 있다는 말씀입니까? 라센딜이 조금이라도 루퍼트에게 불리한 행동을 하면 당장에 대관식에 관한 스캔들이 폭로되어 그 사람과 왕실의 신뢰성이 모두 무너지고 말텐데요."

"루퍼트 녀석이 우릴 오도 가도 못할 처지로 몰아넣었군."

나는 마음이 울적해져서 한마디 했다.

홈즈는 기운을 북돋워 주려는 듯 탈렌하임의 어깨에 손을 올려놓았다.

"루퍼트가 모든 으뜸 패를 다 가지고 있어 곧 끝날 위험한 게임처럼 보이겠지만, 셜록 홈즈는 아직도 게임을 지속할 수 있는 카드를 몇 장 가지고 있소이다."

홈즈의 확신에 찬 목소리가 잔뜩 구겨진 탈렌하임의 얼굴을 약간 펴지게 하였다.

"신사 여러분," 그는 결심한 듯 말했다.

"스트렐사우의 왕궁으로 돌아가서 왕비님께 사정을 설명해 드리는 게 좋겠습니다."

* * *

나는 세 개의 대륙에 걸쳐 수많은 나라에서 많은 여자를 봐왔지만, 루리타니아의 플라비아 왕비처럼 스스로 발광하는 듯한 아름다움과 평온한 우아함으로 가득 찬 여인을 본 적이 없었다. 얼굴은 섬세하기 짝이 없고, 피부는 창백했지만, 속이 다 들여다보일 정도로 투명하며 사랑스러움을 마음껏 발산하고 있었다. 왕비의 새하얀 얼굴은 아름다운 얼굴을 둘러싸고 있는 칠흑처럼 까만 머리카락으로 더욱 도드라져 보였다. 왕비의 태도는 근엄하기보다는 정중하고 얌전했는데, 이게 또 매력적으로 작용했다. 여인의 얼굴을 추리의 소재로밖에 여기지 않는 셜록 홈즈도 왕비의 모습을 보고 깜짝 놀란 것 같았다.

우리는 그날 밤늦게 궁전 내 왕비의 처소에서 그녀를 만났다. 탈렌하임은 왕비와 잠시 둘이서 이야기를 나눈 다음에 홈즈와 나를 그녀에게 안내하기로 했다. 물론 그 전에 우리에게 쉴 곳이 배정돼서, 깨끗이 씻고 단정하게 몸차림을 가꾸고서 왕비를 알현할 준비를 하도록 해줬다.

탈렌하임이 우리를 소개하자, 왕비는 우리의 손을 맞잡고 따뜻하게 환영했다. 그러다가 느닷없이 얼굴에서 우호적인 가면이 사라지고 슬픔의 구름이 그 자리를 대신했다. 두 눈이 촉촉해지기 시작했고, 눈물을 보이지 않으려고 얼굴을 돌려버렸다.

탈렌하임이 우리를 우울한 눈길로 쳐다봤다.

"행운은 몽땅 다 우리에게서 등을 돌린 것 같습니다, 두 분 선생님들. 오늘 밤, 정말 상상도 못할 타격을 받았습니다. 폐하께서 돌아가셨습니다."

"돌아가셔요?" 나는 헉 소리를 내며 간신히 물었다.

"허약해질 대로 허약해진 신체가 결국 뇌척수염과의 싸움을 포기해버린 겁니다."

나도 모르게 신음이 터져 나왔다. 셜록 홈즈는 아무 말도 하지 않았지만, 비극적으로 돌변한 상황에 나처럼 충격을 받은 것 같았다. 루퍼트의 악랄한 계획을 성공적으로 분쇄하겠다는 모든 희망을 깡그리 앗아간 정말 어처구니없는 소식이었다. 이제 국왕도, 왕관을 이어받을 후계자도 없는 마당이니 청색당의 세력을 등에 업은 헨차우의 백작이 왕국을 휘어잡는 데 방해가 될 요소는 단 한 가지도 없었다.

터져 나오는 울음을 간신히 참아내던 왕비는 우리에게서 등을 돌리고 서서 결이 고운 손수건으로 눈물을 훔쳤다.

"그분은 제가 사랑한 사람이 아니었어요." 왕비는 우리에게 들으라기보다는 자신에게 하는 것처럼 속삭였다.

"그리고 최근에는 결혼했을 당시의 그런 사람도 아니었죠. 하지만…… 그분은 저의 국왕이셨어요." 왕비는 잠시 눈을 감았다가 다시 말을 이었다.

"루돌프가 세상을 떠난 마당에 루퍼트 백작의 음모를 저지할 방법이 없……."

홈즈가 한 걸음 앞으로 나섰다.

"말씀을 가로막아 송구스럽습니다만, 방법은 있다고 믿습니다, 왕비님. 국왕 폐하께서 세상을 떠나신 게 왕비님이나 엘프베르크 가문의 입장에서 보면 상당한 약점으로 작용한다는 건 틀림없는 사실이지만, 헨차우의 루퍼트가 왕관을 도둑질하고 새로운 왕조를 건립하는 걸 저지하려는 우리의 임무를 단념시킬 수는 없습니다."

홈즈의 목소리는 잔잔했지만, 마술처럼 강력한 설득력을 발휘했다.

"우린 어떤 대가를 치르더라도 폐하께서 돌아가셨다는 사실을 숨겨야 합니다. 이건 적들을 상대하기 위한 보다 굳건한 계획을 수립하고 행동을 취할 수 있는 시간을 벌자는 것뿐만 아니라, 이 소식을 청색당 무리가 알게 되면 라센딜을 살려둘 필요성이 없어지기 때문입니다."

깜짝 놀란 왕비는 눈을 부릅뜨고 비명이 터져 나오지 않도록 손으로 입을 막았다.

"이 사람의 말은 사실입니다, 왕비님."

내가 옆에서 한마디 거들었다.

"진짜 국왕께서 돌아가셨는데 루퍼트에게 대역으로 내세울 왕이 무슨 소용이 있겠습니까?"

플라비아 왕비는 슬픈 표정으로 고개를 가로저었다.

"우리가 할 수 있는 일이 뭐가 있겠어요?" 왕비는 그렇게 말하고는 우리 중 누가 대답하기도 전에 홱 돌아서서 홈즈의 팔을 잡았다.

"프리츠가 말하길, 홈즈 씨는 무척이나 현명하고 능력이 뛰어난 분이라고 했어요. 우릴 도와주실 수 있나요?"

"도와드릴 수 있습니다." 홈즈가 점잖게 대꾸했다.

"마마께서 모든 작전의 지휘권을 제게 일임해주신다면, 성공할 자신이 있는 계획을 추진하겠습니다."

왕비는 홈즈를 잠시 살펴보다가 탈렌하임에게 의견을 묻는 듯 슬쩍 눈짓을 보냈다. 탈렌하임이 즉시 대답했다.

"저희의 유일한 희망은 홈즈 씨가 바라는 대로 행하는 것이라고 봅니다."

왕비는 탈렌하임의 말에 고개를 끄덕이더니 홈즈에게 우아하게 고개를 숙였다.

"좋습니다, 홈즈 씨, 이제 루리타니아의 미래는 귀공의 손에 달려 있습니다."

✦

13장

토이펠 호숫가의 오두막

자정이 가까워져 올 무렵, 궁전 내의 숙소로 돌아온 홈즈와 나는 탈렌하임과 함께 다음 행동에 대해서 논의하고 있었다. 플라비아 왕비는 홈즈에게 감사의 뜻을 전하고, 탈렌하임에게는 우리가 내린 결정을 하나도 빠짐없이 알려달라고 요청하고서는 조금 전에 퇴장했다.

나는 자신에게 닥친 비극에 빠져 허우적거리는 이 아름다운 여인에게 굉장히 마음이 쓰였다. 사람은 슬픔에 사로잡히면 자신의 직위와 의무가 더 무겁게 느껴지는 법이다. 왕비는 자신의 생명을 유지하게 해주고, 잃어버린 사랑을 대신해줬던 라센딜이라는 반석이 급격히 허물어지고 있다고 느끼는 게 분명했다.

홈즈는 루리타니아의 전국지도를 요청해서 확대경으로 샅샅이 살폈다. 이 확대경은 오늘 밤에 탈렌하임의 부하 한 명이 찾아온, 우리가 마구간에 돈을 주고 맡겨두었던 홈즈의 여행 가방에서 수사에 필요한 다른 용품들과 함께 꺼낸 것이었다. 마침내 홈즈의 기다란 손가락이 지도 위의 한 점을 콕 집어 가리켰다.

"라센딜이 이곳에 갇혀 있다고 자신 있게 말할 수 있소."

홈즈가 선언했다.

탈렌하임이 그 지점을 들여다봤다.

"토이펠 호수에 말인가요!"

탈렌하임은 깜짝 놀라 큰 소리로 말했다.

"호수 안이 아니라 호숫가에 있는, 돌아가신 국왕의 낚시 오두막이오." 홈즈가 차분히 설명했다.

루리타니아 인의 얼굴에 의문이 가득했다.

"무엇을 근거로 그런 결론에 도달하셨습니까?"

"몇 가지 사소한 것들을 통해서요. 오만한 자신감에 차 있던 홀슈타인은 '보어스 헤드'로 가는 도중에 그 오두막을 손가락으로 직접 가리켰죠. 우리가 그게 어떤 의미인지를 알아차린다고 해도 그 정보를 이용할 수 있을 정도로 오랫동안 살지 못할 거로 생각했겠죠. 녀석은 그 오두막이 지금은 완전히 버려졌다고 말했지만, 나는 아침 햇살이 창문에서 반짝이는 걸 분명히 볼 수 있었소. 청소하지 않고 오랫동안 버려진 채 때가 낀 창문에서는 햇빛이 반사되지 않는 법이오. 게다가 오두막 바로 아래쪽의 갈대밭에는 손질이 잘된, 노를 젓는 작은 보트 한 척이 매여져 있었죠. 보트를 사용하지 않고 있다면 무심하게 흘러간 시간과 사나운 날씨가 오래전에 보트를 가라앉혔거나 파손시켰을 겁니다. 따라서 그 오두막에는 누군가가 살고 있다고 봐야겠죠. 또한, 자신의 목적을 위해 낚시 오두막을 사용하고 있는 루퍼트의 입장에서는 현재 사용하지 않는 국왕의 재산을 모두 접수한다는 자신의 규칙에 충실히 따르고 있는 셈이고요."

홈즈의 설명이 이어짐에 따라 변화하는 탈렌하임의 표정이 정말 볼만했다. 그의 얼굴은 믿을 수 없다는 표정에서 당장에라도 터져 나오려는 흥분을 간신히 참아내는 표정으로 바뀌었다.

"충분히 가능한 일입니다." 탈렌하임도 결국 인정했다.

"그 오두막은 젠다 성과 아주 가까워서 루퍼트가 사용하기에는 아주 편리했을 겁니다. 아침이 되면 한번 살펴볼 가치는 있겠는데요? 제가 직접 부하들을 이끌고 그곳을 수색하겠습니다."

"아니!" 홈즈가 소리쳤다.

"절대로 그렇게 해선 안 됩니다. 적에게 들키지 않도록 우리 셋이서만 가야 해요. 그 오두막에서 무슨 일이 벌어지고 있는지 정확히 알아보기 위해 안전하게 떨어진 곳에서 지켜볼 필요가 있습니다."

탈렌하임은 걱정스러운 듯 얼굴을 찌푸렸다.

"날 믿어주시오. 상황이 너무 미묘해서 무력으로 해결할 일이 아닙니다. 이 상황을 우리에게 유리하도록 만들려면 교활함과 용기와 신중함을 최대한 발휘해야 하죠."

"머릿속에 있는 생각을 다 말해주지 않을 겁니까? 전 이유도 모른 채 행동하는 건 딱 질색입니다."

"때가 되면 다 말해드리죠. 조금만 참고 기다려주시오. 내 생각은 아직 머릿속에서 완전히 정리되지 않았고, 그곳을 정찰한 후 결과에 따라 어느 정도 조정할 필요가 있거든요. 필요 이상 오랜 시간 맹목적으로 행동하게 하지 않겠다고 분명히 약속드리리다."

"좋습니다." 탈렌하임은 마지못해 승낙했다.

"언제 출발하실 건가요?"

"어디 보자…… 왓슨과 나는 오늘 대부분을 마취된 상태로 잠들어 있었으니 두어 시간만 쉬면 생기를 되찾고 출발할 준비가 될 것 같군요."

"좋습니다. 그 오두막까지는 말로 달리면 한 시간 정도 걸립니다. 해가 뜨기 전에 도착할 수 있겠군요."

"그거 잘됐군요. 왓슨, 자네도 게임을 할 준비가 됐겠지?"

"물론이네." 나는 확신이 가득 찬 목소리로 대꾸했다.

"그런데 출발하기 전에 뭘 좀 먹었으면 좋겠구먼."

나를 보고 있던 두 사람이 폭소를 터뜨렸다.

"당연히 배를 채워야지. 우리의 친구인 탈렌하임이 뭔가를 좀 마련해줄 수 있을 것 같네."

"따뜻한 음식이면 좋겠소." 나는 지난번에 먹었던 차디찬 고기와 치즈를 떠올리며 얼른 부탁했다.

"루돌프 라센딜이 예전에 이곳 궁전에 머물렀을 때 매일 아침 '햄과 계란'을 먹었었는데, 그것으로 괜찮겠습니까, 닥터 왓슨?" 탈렌하임이 물었다.

"충분합니다." 나는 씩 웃으며 대꾸했다.

* * *

동이 트기까지 아직 시간이 꽤 많이 남아 있을 때, 따뜻한 아침 식사로 배를 채운 우리는 말을 타고 국왕의 낚시 오두막이 있는 토이펠 호수를 향해 달렸다. 쪽빛 하늘에 달은 보이지 않고 별 몇 개만 반짝이는 밤이라서 홈즈와 나는 길을 인도하는 탈렌하임의 곁에서 떨어지지 않도록 조심했다. 도성(都城)을 떠나 얼마 지나지 않았는데 벌써 '젠다의 숲'으로 뛰어들었다. 워낙 어두운 터라 말이 달릴 만한 길이 전혀 보이지 않는데도 탈렌하임은 조금도 머뭇거리지 않고 무성한 나뭇잎을 요리조리 헤치며 내달렸다. 이윽고 동이 트기 시작하자, 숲을 가로지르며 흐르는 회색 물줄기가 희미하게 반짝이는 모습이 눈에 들어왔다. 바로 그 순간, 평생 처음으로 본 거대한 떡갈나무 한 그루와 마주쳤다. 거대한 나뭇가지들이 주변을 둘러싸고 있는 다른 나무들에까지 손을 뻗치고 있었다.

"이게 바로 엘프베르크 떡갈나무입니다. 엘프베르크 왕조의 시조이신 구스타프 폐하께서 15세기에 심으셨다고 합니다. 엘프베르크 가문이 루리타니아의 왕위를 이어가는 한 계속해서 굳건히 서 있기를 염원했다고 합니다."

"루퍼트의 도전 같은 건 너끈히 격퇴할 수 있을 정도로 튼튼해 보이는군요." 홈즈가 조롱기가 어린 목소리로 한마디 했다.

거대한 떡갈나무를 지나치자마자 탈렌하임이 손을 들어 정지하라는 신호를 보냈다.

"나머지 800미터 정도 되는 거리는 걸어가는 게 좋겠습니다." 그는 말에서 내리며 말했다.

홈즈와 나는 탈렌하임을 따라 말에서 내린 다음, 남의 눈에 띄지 않을 덤불 중심부에 말을 묶었다. 사람들의 발로 다져져서 만들어진 길을 따라 조금 내려가다가 탈렌하임의 신호에 따라 길을 벗어나 무성한 덤불을 헤치며 앞으로 나아갔다. 뒤쪽에서부터 낚시 오두막에 접근하자 땅이 점차 솟아오르기 시작했다. 완만하게 경사진 등성이에 도달하자 3, 4미터 아래쪽에 자리 잡은 오두막이 내려다보였다.

오두막에서는 아무런 움직임도 보이지 않고 조용했는데, 홈즈가 가리키는 쪽을 보니 굴뚝에서 가느다란 회색 연기가 살랑거리며 피어오르고 있었다.

"누군가가 저곳에 있는 게 분명해." 홈즈가 속삭였다.

"두 사람은 편하게 자리를 잡으십시오. 아주 오랫동안 기다려야 할지도 모르니까."

지금까지는 홈즈의 예언이 딱딱 들어맞았지만, 밑에서 벌어지는 움직임을 보기까지에는 그리 오랜 시간이 걸리지 않았다.

오렌지색 태양이 불끈 솟아올라 공기를 데우고, 호수 주위를 둘러싸고 물러서기 싫어 미적거리는 아침 안개를 흩트리기 시작할 무렵, 오두막의 앞문이 열리는 소리가 들렸다. 짙은 색의 반바지와 거칠게 짠, 깃이 없는 셔츠를 걸친 사내 한 명이 밖으로 나와 기지개를 켰다. 우리에게 등을 돌리고 있어 얼굴을 확인할 순 없었지만, 키와 태도, 그리고 약간 검은 기가 도는 덥수룩한 붉은 머리카락으로 미뤄봐서 루돌프 라센딜이 분명한 것 같았다. 흥분해서 얼른 홈즈 쪽으로 머리를 돌리자, 홈즈는 내 추측이 맞는다는 표시로 고개를 가볍게 끄덕였다.

탈렌하임도 눈앞의 상황에 크게 흥분하고 있는 것 같았다.

"이거 정말 놀랍군요." 그는 식식거리며 속삭였다.

라센딜이 뒤로 돌아서서 처음으로 얼굴을 공개했는데, 루돌프 5세와 붕어빵처럼 똑닮은 모습에 숨이 넘어갈 정도로 놀랐다. 비록 루리타니아의 지배자를 사진으로밖에 보지 못했지만 내 눈에 비친 라센딜의 모습은, 왕실의 제복을 입고 있지 않은데도 국왕의 판박이였다.

청색당의 몸에 딱 붙는 재킷을 걸치고 라이플을 소지한 또 다른 사람이 오두막에서 나왔다. 녀석은 라센딜에게 다가가 우리가 들을 수 없는 무슨 말인가를 했다. 두 사람이 대화를 나누는 도중에 라이플을 소지한 자가 머리를 살짝 돌린 덕분에 녀석의 얼굴을 아주 잠깐 볼 수 있었다. 콧대가 부러지고 혈색이 나쁜

중년의 사내였다.

"저자가 루퍼트가 가장 신임하는 장교 중의 하나인 잘버크 대위입니다." 탈렌하임이 속삭였다.

아래쪽의 두 사람은 서로를 친구처럼 편하게 대하는 것처럼 보였는데, 그러는 순간에도 잘버크는 라이플을 잡은 손에서 힘을 빼지 않았다. 두 사람은 함께 호숫가를 어슬렁거렸다.

"오두막 안에 루퍼트의 부하가 몇 명이나 있는지 도대체 모르겠군." 내가 궁금증을 참지 못하고 물었다.

"시간이 좀 지나봐야 알겠지만, 별로 많지는 않을 걸세. 포로를 엄중하게 감시하는 그런 형태가 아닌 걸 보면. 루퍼트는 라센딜이 탈출할 가능성에 대해서는 전혀 신경을 쓰고 있는 것 같지 않네. 감시병들은 라센딜의 탈출을 저지하기보다는 다른 쪽에서 납치하지 못하도록 배치해놓은 모양이야."

홈즈가 낮은 목소리로 대꾸했다.

탈렌하임은 자신의 라이플을 눈앞으로 가져와 잘버크 쪽을 겨냥했다.

"저 녀석을 간단하게 쓰러뜨릴 수 있습니다."

탈렌하임이 자신 있게 말했다.

"그런 다음, 라센딜을 낚아채서 이곳을 부리나케 벗어나도록 하죠."

"그래 봤자 라센딜을 적의 수중에서 빼낸다는 걸 제외하고는 우리 목적에 아무런 도움도 되지 않을 겁니다."

홈즈가 무뚝뚝하게 대꾸했다.

탈렌하임은 이마를 찌푸렸지만, 결국 라이플을 내려놓았다.

"선생님 말씀이 옳다는 건 알겠지만, 정말 좋은 기회를 놓치는 것 같아 안타깝습니다."

탈렌하임이 말하고 있는데 배에 하얀 앞치마를 두른 또 다른 사내가 오두막에서 걸어 나왔다. 그러더니 두 사람을 부르고 다시 안으로 들어갔다.

"아침 식사를 할 모양이군."

나는 아쉬움이 가득한 목소리로 속삭였다.

"설마 또 배가 고프신 건 아니겠죠, 닥터?"

탈렌하임이 눈을 반짝거리며 농담을 던졌다.

"지금까지 살펴본 바에 의하면," 홈즈가 말했다.

"단 두 명이 라센딜 씨를 보호하는 것 같군."

"안에 다른 사람들이 있을 수도 있잖나."

"맞는 말일세, 왓슨. 좀 더 기다려보기로 하지."

아무런 일도 벌어지지 않은 채 두 시간이 흐른 후, 라센딜과 잘버크가 다시 모습을 드러냈다. 장교는 여전히 라이플을 소지하고 있었고, 라센딜은 짊어지고 나온 낚시 도구를 호숫가에 매여 있는 노 젓는 작은 배에 실었다. 두 사람은 힘을 합쳐 갈대밭에서 배를 끌어내서 올라탔다. 나는 마차를 타고 '보어스 헤드'로 가던 도중에 홈즈가 봤다던 게 바로 이 보트였다는 걸 깨달았다. 라센딜이 노를 저어 두 사람은 호수 중심부로 나아갔다. 지금은 태양이 완전히 솟아 있는 터라 햇살이 푸른 물 위에서 반사되고 있었다.

셜록 홈즈가 내 옆에서 몸을 꼼지락거렸다.

"억류자들이 모르게 어떻게든 라센딜과 단둘이서 이야기를 해봐야겠어. 지금의 상황을 그 사람에게 알려주고 우리 계획에 끌어들일 필요가 있단 말이야."

"그걸 무슨 수로 해낼 작정인가?" 내가 물었다.

"오두막에 몰래 들어가서 라센딜과 단독으로 이야기할 수 있을 때까지 그의 방에서 숨어 있을 생각이네."

"저와 닥터 왓슨이 숲으로 좀 들어간 다음 총을 발사하면 어떨까요? 오두막에 있는 녀석들이 뛰쳐나와 무슨 일인지 조사하도록이요. 그들의 주의를 끌면 선생께서 들키지 않고 오두막에 들어가기에 충분한 시간을 벌 수 있지 않겠어요?"

"너무 위험합니다. 의심을 받을 수도 있으니까요. 녀석들이 전혀 의심하지 않도록 하는 것이 가장 중요하거든요."

"그렇다면 어떻게 했으면 좋겠습니까?"

홈즈가 탈렌하임의 질문에 채 대답하기도 전에 멀리서 말발굽 소리가 들려왔다. 말발굽 소리가 점차 커지더니 숲과 연결된 오두막 옆의 개활지로 청색당 제복을 걸친 기수 한 명이 튀어나왔다. 기수는 오두막에서 좀 떨어진 곳에 말을 세운 후, 말에서 내려 누군가를 기다렸다. 잠시 후, 조금 전에 봤던 하얀 앞치마를 둘렀던 사내가 이번에는 제복을 단정히 갖춰 입은 채 다시 모습을 드러냈다. 그 사내는 새로 온 기수와 간단히 몇 마디를 나누고는 말에 올라타고 숲으로 이어지는 길을 따라 달렸다.

"감시병을 교대하는 거로군." 내가 중얼거렸다.

홈즈가 고개를 끄덕였다.

"그래. 그리고 이걸로 감시하는 사람이 두 명이라는 게 확인됐네. 지금이야말로 행동하기에 좋은 시간일세. 잘버크가 호수에 나가 있는 동안, 내가 오두막에 숨어들 수 있도록 새로 온 감시병의 주의를 끌 수만 있다면……."

홈즈의 말을 듣고 있는 도중에 갑자기 걱정스러운 생각이 머릿속을 스쳤다.

"하지만 나중에 어떻게 그곳을 벗어날 생각이지?"

"그 문제에 있어선 라센딜이 날 돕도록 할 생각일세. 감시병의 의심을 불러일으키지 않고 주의를 끄는 게 관건이지."

"내게 좋은 생각이 있네."

그럴듯한 계획이 머릿속을 스쳐 지나가자 내가 얼른 입을 열었다. 두 동료에게 그 전략을 진지하게 설명했다.

"정말 뛰어난 계획일세, 왓슨." 홈즈가 미소를 지으며 말했다.

"간단하지만, 효과적이로군. 당장 실행에 옮겨도 전혀 문제가 되지 않을 것 같네."

탈렌하임도 동의한다는 뜻으로 고개를 끄덕였다.

"제가 라이플로 닥터를 보호해드리죠." 그는 자신의 무기를 토닥거리며 말했다.

그 계획을 좀 더 세심하게 다듬은 다음, 우리는 행동으로 옮겼다. 홈즈는 허리를 바짝 숙이고 오두막 바로 뒤쪽의 숲이 이어지는 곳까지 재빨리 이동했다. 홈즈가 오두막 쪽으로 기울어진 경사로를 미끄러져 내려갈 때까지 기다린 다음, 나는 말을 감춰 뒀던 숲 속으로 되돌아가 큰길로 올라섰다.

몇 분 후, 나는 쿵쾅거리는 심장을 안고 낚시 오두막에서 몇 미터 떨어져 있는 개활지로 걸어 나왔다. 오른쪽에서는 우울해 보이는 드넓은 호수의 물이 찰랑거렸고, 저 멀리 두 명을 태운 작은 배의 윤곽이 아른거렸다. 나는 휘파람으로 즐거운 곡조를 불며 최대한 관심이 없는 표정을 지으며 오두막으로 다가갔다. 불과 몇 걸음 내딛지도 않았는데 문이 벌컥 열리며 라이플로 내 쪽을 겨냥한 채 청색당의 장교가 밖으로 뛰쳐나왔다.

"정지! 더 이상 다가오지 마라!"

장교는 내 얼굴을 보자마자 소리를 질렀다.

나는 정말 어리둥절한 표정을 지으며 시키는 대로 했다.

"지시에 따를 테니 흥분하지 마시오, 친구."

나는 명랑한 목소리로 대꾸했다.

"혹시 내가 무단으로 침입한 건가요? 이 숲을 가로질러도 아무런 문제가 없을 거라는 말을 들었는데요?"

청색당의 장교는 조심스럽게 내게 다가와 라이플로 내 몸을 쿡쿡 찔렀다.

"당신은 누구요?" 장교가 소릴 꽥 질렀다.

"내 이름은 호킨스라고 합니다. 앤터니 호킨스죠. 영국인이고요." 나는 점잖게 허리를 약간 숙였다.

"휴가를 받아 아름다운 당신네 나라에서 도보여행 중입니다. 젠다 숲과 호수에 대해서 귀에 못이 박이도록 들었던 터라 직접 보고 싶은 욕구를 억누를 수가 없었죠. 어떠한 법률도 위반한 게 아니었으면 좋겠군요."

장교는 의심스럽다는 듯 나를 노려봤다. 장교와 이야기하는 동안, 장교의 등 뒤에 있는 오두막 맞은편의 한쪽 구석에서 일어나는 움직임을 감지할 수 있었다. 홈즈가 행동하는 중이었다.

"서류를 보여주시오."

"지금 내겐 서류가 없습니다. 뭐, 솔직히 말하면, 숲 속을 산책하는 데 그런 게 필요하리라고 생각조차 해보지 않았거든요. 서류는 하숙집에 있는 내 여행 가방에 들어 있죠. 함께 가서 서류를 살펴보시겠어요?"

나는 마치 여관으로 가려는 듯 돌아섰다.

"그 자리에 꼼짝 말고 있어!"

장교가 성이 잔뜩 나서 소리를 치면서 라이플을 장전했고, 그 소리에 내 등골을 따라 차가운 기운이 올라왔다. 나는 그때야 내 뒤를 보호해주는 사람이 있긴 하지만, 이 청색당 녀석이 나를 쏘겠다고 마음을 먹으면 탈렌하임은 내가 총에 맞아 쓰러진 다음에야 보복할 수 있다는 걸 깨달았다. 나는 얼른 다시 돌아서서 녀석에게 퉁명스러운 목소리로 말했다.

"설마 그 무기를 내게 사용하려는 건 아니겠죠? 내가 영국 왕실과 관련이 있다는 걸 분명히 알려주겠소. 내가 총에 맞아 죽기라도 하면 빅토리아 여왕 폐하와 영국 정부는 그 일을 절대로 가볍게 보지 않을 것이오. 그럼 당신도 꽤 곤욕을 치러야 할 걸?"

루리타니아 인의 얼굴이 찌푸려졌고, 그의 눈동자에 불안하고 초조한 기색이 순간적으로 떠올랐다가 사라졌다. 이제 나 자신이 구상한 곤란한 상황에서 허세를 부리며 빠져나갈 수 있겠다는 확신이 들었다.

"이것 보시오," 나는 좀 더 차분한 목소리로 말했다.

"만약 내가 재산에 관한 법률을 위반했다면, 그건 몰라서 그런 것이니 사과하겠소. 벌금을 매긴다면 낼 각오가 되어 있어요. 하지만 그 액수가 너무 많다면, 영국 돈으로 지급할 수밖에 없다는 점을 양해해주시오. 지금 가지고 있는 루리타니아 마르크 화가 별로 많지 않아서요."

청색당 장교가 괴상하기 짝이 없는 영국인 침입자에 대해서 마음의 결정을 내리려는 듯 끊임없이 내게 의심의 눈길을 던지는 동안 의미심장한 침묵이 이어졌다. 장교의 얼굴에는 내가 한 이야기를 의심하는 기색이 역력했지만, 그래도 라이플의 방아쇠에 걸려 있던 손가락의 힘을 빼는 걸 보고 안도의 한숨을 내쉬었다. 마침내 장교가 입을 열었다.

"영국인이여, 왔던 길로 되돌아가서 다시는 이 숲에 발을 들이지 마시오. 이곳은 왕실의 전유물이니까요."

"당연히 그래야죠." 나는 알랑거리는 태도로 말했다.

"귀관을 성가시게 해서 정말 죄송합니다. 다시는 이런 일이 없을 거라고 약속드립니다. 안녕히 계시오."

나는 이제 안전하다는 생각에 미소를 지으며 모자를 살짝 들어 보이고는 장교가 지시한 대로 따랐다.

나는 아무 일도 없었다는 듯 느긋한 태도로 꽤 오랫동안 오솔길을 따라 되돌아갔다. 혹시 장교가 뒤 따라올지도 몰라서 고개를 돌려보진 않았다. 약 1킬로미터쯤 간 다음, 조심스럽게 주위를 살펴 아무도 따라오지 않는다는 걸 확인하고는 다시 무성한 덤불 속으로 뛰어들었다. 최대한 빨리 걸음을 옮겨 탈렌하임이 지금도 경계의 눈길을 번득이고 있는 은신처로 되돌아갔다.

탈렌하임이 활짝 웃으며 나를 반겼다.

"연기를 아주 잘하시던데요, 닥터 선생. 맘 푹 놓고 지켜봐도 되겠더라고요."

나는 씩 웃으며 찬사를 보내줘서 고맙다는 표시로 고개를 끄덕였다.

"홈즈는 성공했습니까?"

"네, 그분은 뒤쪽의 창문으로 오두막 안으로 들어가셨습니다."

"잘됐네요."

나는 이제 마음이 놓여 은신처에 보다 편안한 자세로 자리를 잡고 앉았다.

"이제 기다리기만 하면 되겠군요."

* * *

오후 늦게야 라센딜과 잘버크는 낚시가 성공적이었다는 증거로 여러 마리의 커다란 잉어를 들고 돌아왔다.

나는 홈즈가 걱정되기 시작했고, 오두막 안에서 몸을 잘 숨기고 있을까 하는 의문이 들었다. 내 마음 한구석에는, 포로로 잡혀 있는 라센딜에게 프라이버시가 전혀 허용되지 않아 홈즈가 라센딜과 단독으로 이야기할 기회를 잡지 못한 데다가 탈출할 방법도 없을 가능성에 대한 걱정이 자리 잡고 있었다.

이제 서서히 해가 기울어지며 날이 저물기 시작했지만, 탈렌하임과 내가 할 수 있는 일이라고는 은신처에서 몸을 숨긴 채 기다리는 것뿐이었다. 홈즈가 이미 발각돼서 죄수 신세가 됐을 가능성도 없지 않았다. 그런데 그걸 확인해볼 방법은 없었고, 시간만이 그 의문에 대한 대답을 내놓을 수 있었다.

별들이 밤하늘을 수놓기 시작하자 공기가 차가워졌다. 회중시계를 들여다보려고 했지만, 너무 어두워서 바늘이 분명히 보이지 않았다. 밀려오는 어둠 속에서 숲이 한밤의 괴물로 살아나는 것처럼 느껴졌다. 수상쩍게 부스럭거리는 소리와 으스스한 비명은 신경을 바짝 곤두서게 하여서 심장이 쿵쾅거렸다.

마침내 오두막 안에 불이 꺼지고, 굴뚝에서 올라오던 연기가 서서히 사그라들었다. 추위와 긴장감에도 불구하고 눈이 저절로 감기기 시작해서, 잠을 쫓고 오랜 시간 동안 한 자세로 엎드려 있어 굳어버린 팔다리도 풀 겸 눈에 띄지 않게 조용히 자세를 바꾸며 움직였다.

"이제 오두막을 전혀 들여다볼 수 없는데요."

탈렌하임이 경사면의 끄트머리에서 슬슬 물러서며 말했다.

"이런 어둠 속에서 뭔가를 똑똑히 본다는 건 불가능합니다."

내가 얼굴을 돌려 그의 말에 동의하려는 순간, 이전에 들었던 것보다 훨씬 더 뚜렷하게 바스락거리는 소리가 뒤쪽의 풀밭에서 들려왔다. 우리 두 사람은 즉시 소리가 들려오는 곳으로 돌아섰다. 멀리 떨어진 숲 속 깊은 곳에서 들려오는 날카로운 부엉이의 울음소리가 내 신경을 더욱 바짝 곤두서게 하였다.

바로 그때, 우리에게서 좀 떨어진 숲 속의 어둠 속에서 희미한 윤곽 하나가 우리를 향해 기어오고 있었다.

14장

라센딜

"이런 야밤에 안녕들 하신가, 신사 양반들? 기다리게 해서 죄송하게 됐소이다."

귀에 익은 목소리가 인사했다.

"이게 누군가? 홈즈, 정말 놀랍구먼."

나는 콱 막힌 목소리로 속삭였다.

"누굴 기대했던 건가? 헨차우의 루퍼트?"

홈즈는 점잖게 껄껄 웃었다.

"선생이 하려고 했던 일…… 성공하신 겁니까?"

탈렌하임이 물었다.

"대성공이었소. 하지만 그 문제를 더 논의하기 전에 좀 더 따뜻하고 기분 좋은 곳으로 자리를 옮겼으면 합니다."

그로부터 거의 두 시간이 흐른 후, 우린 스트렐사우의 궁전 내 우리의 거처로 되돌아가서 활활 타오르는 통나무 불길 앞에 자리를 잡았다. 깊이 잠들어 있던 주방 하녀 한 명을 탈렌하임이 우리의 시중을 들도록 깨웠고, 탈렌하임과 나는 그 하녀가 가져온 구미가 동하는 스튜 한 대접을 게걸스럽게 먹어치웠다. 점차 몸이 따뜻해지기 시작했고, 딱딱하게 굳어 있던 팔다리도 서서히 풀렸다. 홈즈는 손에 파이프를 든 채 벽난로 가에 앉아 자신이 벌인 모험담을 들려줬다.

"낚시 오두막이 겉으로 보기에는 허술했지만, 실제로 들어가 보니 상당히 알차게 꾸며져 있더군. 중앙에는 거실이 있었는데, 그곳에서 식사도 하는 것 같았어. 욕실이 두 개, 주방이 한 개, 침실이 네 개였는데, 침실 세 개가 사용되고 있었어. 나는 뒤쪽 창문을 통해 안으로 들어서자마자 라센딜이 어떤 침실을 사용하고 있는지 재빨리 결정해야만 했지. 자네가 감시병의 주의를 끌기 위해 멋진 연극—자네가 재능을 발휘할 때마다 나는 정말 깜짝 놀라곤 한단 말일세, 친구—을 해냈지만, 그래도 결정을 내리기에는 시간이 빠듯하더군. 다행히도 두 번째 침실에 들어갔을 때 머리빗이 눈에 들어왔는데, 빨간 머리카락 몇 가닥이 걸려 있었어. 그게 의미하는 바를 알아차린 순간, 침대 아래쪽으로 몸을 숨긴다는 좀 점잖지 못한 방법을 택하게 됐다네. 그리고 그곳에서 꽤 오랜 시간을 머물렀지. 라센딜이 오후 5시경에 돌아와서 잠시 낮잠을 자려고 침대에 눕더구먼. 라센딜이 혼자라는 것과 규칙적으로 코를 고는 소리에 잠이 들었다는 걸 확신하고서는 숨어 있던 곳에서 기어 나와 내가 이곳에 있다는 걸 알려야겠다고 결심했네. 내가 막 그 생각을 행동으로 옮기려는 순간, 잘버크가 문을 열고 들어서더군. 포로가 제대로 있는지 그냥 한 번 둘러보러 온 모양인지, 라센딜이 잠들어 있는 걸 확인하고는 깨우지 않고 조용히 물러나더라고. 2, 3분쯤 더 기다렸다가 침대 밑에서 빠져나와 문을 잠그려고 다가갔는데, 예방조치 삼아 그런 건지 자물쇠가 제거되고 없더군. 겉으로 보기에는 라센딜이 감시병들과 상당히 우호적인 관계를 형성하고 있는 것 같았는데, 감시병들은 그를 조금도 믿지 않았던 걸세. 내가 목적한 일을 다 해내기 전에 방해를 받을 경우에 대비해서 의자 하나를 문 손잡이 아래쪽에 괴어뒀지. 강제로 밀고 들어오는 것까지야 막을 수 없겠지만, 몸을 숨길 수 있는 약간의 시간이라도 벌어주지 않을까 하는 희망 때문이었네. 의자로 문을 막을 때 라센딜이 몸을 뒤척이더군. 득달같이 침대로 달려가 그의 입을 손으로 틀어막았지. 그랬더니 눈이 거의 튀어나올 정도로 놀라더군. '나는 영국에서 온 친구요.' 나는 황급히 그의 귀에 속삭였지. '조금이라도 소릴 내면 우린 둘 다 죽은 목숨이고, 플라비아 왕비도 끝장날 거요.' 라센딜의 얼굴에는 아직도 충격과 혼란의 기색이 역력했지만, 무슨 말인지 알아들었다는 듯 고개를 끄덕였고, 바짝 굳어 있던 몸도 조금 풀리는 게 느껴지더군. 나는 최대한 간추려서 내가 누구이고, 왜 이곳에 왔는지 재빨리 말해줬네. 잽트 대령이 베이커 가를 방문했고, 이어 홀슈타인에게 살해당한 일과 라센딜의 조카를 구해낸 일, 루퍼트 백작과 대면했던 일 등등을. 그리고 마지막으로 국왕이 세상을 떠났다는 것까지 말해줬지. 내 말을 들은 라센딜의 얼굴은 파랗게 질렸고, 그의 머릿속에서 절망과 분노의 감정이 뒤엉켜 격렬한 싸움을 하는 게 표정으로 다 드러나 보이더군. 하지만 라센딜이 어느 정도 마음을 정리하고 대답을 하려는 순간, 침실 바깥의 복도에서 무슨 소리가 나더라고. 라센딜은 아무 말도 하지 않고 침대에서 벌떡 일어서더니 문으로 달려가 자물쇠를 대신했던 의자를 얼른 치웠어. 그러는 동안, 나는 침대 밑으로 다시 들어갔고. 라센딜이 원래 놓여 있던 자리인 화장대 앞으로 의자를 되돌려놓자마자 문이 열리며 잘버크가 들어오더군.

'저녁 식사가 곧 준비될 것입니다, 라센딜 폐하. 부디 식탁으로 나와 주시기를 간청 드립니다. 식사가 끝난 후에는 체스로 한 번 더 박살을 내드리죠.'

잘버크는 친근하게 여길 수 있는 어조로 담담하게 말했지만, 비꼬는 듯한 기미를 숨길 수는 없었어. 침대보 사이로 슬쩍 내다보니 라센딜은 화장대 거울로 얼굴에 난 자국 같은 걸 살펴보는 척하고 있더군. 그는 잘버크를 슬쩍 돌아보고는 뭔가 다른 생각에 사로잡힌 듯 건성으로 대꾸했어.

'곧 따라가겠소.'

잘버크는 알겠다는 듯 무슨 말인가를 중얼거리더니 나가버렸어. 잘버크가 거실 쪽으로 되돌아가는 발걸음 소리가 들리자마자 라센딜은 무릎을 꿇고 내가 숨어 있는 곳을 들여다보더군. '얼른 나가지 않으면 의심스럽게 보일 겁니다. 식사가 끝나면, 이 진절머리 나는 녀석과 체스를 해야 합니다. 녀석이 이기게 해 주고, 머리가 아픈 척하면서 일찍 자야겠다고 하렵니다. 그러면 선생과 이야기를 더 나눌 수 있을 겁니다.'

상당한 시간이 흐른 다음에야 라센딜이 돌아왔고, 우린 대화를 이어갈 수 있었지. 좁은 공간에 갇혀 홀로 있는 동안, 나는 우리가 해야 할 계획을 좀 더 구체적으로 다듬었네. 라센딜은 돌아오자마자 자신이 알고 있는 루퍼트의 음모를 다 말해줬어. 모레 보헤미아의 국왕이 열차 편으로 국경 세관에 도착하면, 루퍼트와 루돌프 왕으로 가장한 라센딜의 영접을 받을 거랬어. 세 사람은 함께 왕실 열차를 타고 플라비아 왕비가 기다리는 스트렐사우로 간다는 거야. 루퍼트는 루돌프가 살아 있기는 하지만 너무나 '아파서' 사람들 앞에 모습을 드러낼 수 없다고 생각하겠지. 라센딜이 스트렐사우에 도착해 열차에서 내리는 걸 본 사람들은 당연히 국왕이라고 여길 것이고, 공식적인 상황이 되어 버린 마당이라 왕비도 어쩔 수 없이 국민과 똑같이 행동할 수밖에 없을 거야. 이렇게 해서 루퍼트는 왕관을 거머쥘 첫 번째 과정을 성공적으로 달성하게 되는 걸세."

탈렌하임과 나는 루퍼트가 세운 대담한 계획에 입이 딱 벌어져 버렸고, 뭔가 생각을 정리해서 조리 있는 대꾸를 하기도 전에 홈즈가 계속 말을 이어갔다.

"라센딜은 이제 자신의 조카가 안전하다는 걸 알았기 때문에 당장에라도 나를 따라 그 오두막을 탈출하려고 했지만, 그와 같은 행동이 왕실과 플라비아의 미래에 악영향만 미칠 거라는 내 지적을 듣고는 흥분을 가라앉혔지. 나는 고심해서 준비한 행동 계획을 자세히 설명했고, 라센딜은 단 한 순간도 망설이지 않고 내 지시에 따라 행동하겠다고 다짐했다네. 라센딜이 할 일은 내가 들어왔던 창문으로 오두막을 빠져나와 당신들 두 사람이 기다리는 곳으로 갈 수 있도록 복통을 호소하며 야간 감시병의 주의를 끄는 것뿐이었지."

"브라보!"

탈렌하임이 홈즈의 등을 탁탁 두들기며 소리쳤다.

"일을 정말 끝내주게 처리하셨군요."

"고맙소."

홈즈는 순순히 찬사를 받아들였다.

"하지만 이젠 자네의 계획을 모두 말해줘야 하네, 친구."

홈즈는 내 요구에 흔쾌히 동의했다. 우리가 눈을 크게 뜨고 귀를 쫑긋 세워 주의를 집중하는 가운데, 홈즈는 헨차우의 루퍼트 백작을 패배시키고 루리타니아의 왕실을 안정시킬 대담하고 기발한 책략을 설명하기 시작했다. 홈즈의 설명이 끝나자 실내에는 잠시 동안 정적이 감돌았고, 결국 탈렌하임이 입을 열었다.

"정말 기막힌 계획이로군요." 탈렌하임이 조용히 말했다.

"하지만 동시에 매우 위험하기도 하고요. 이 계획이 성공할지 심히 걱정된다고 고백하지 않을 수 없군요."

"우리에겐 의심하고 어쩌고 할 사치를 누릴 수 있는 시간과 자원이 없습니다."

홈즈가 잘라 말했다.

"적들이 미리 대비하지 못하도록 기습적으로 들이치는 어떠한 계획도 본질적으로는 위험의 요소가 다분히 포함된 대담한 것일 수밖에 없어요. 내 머리로는 이 문제를 해결할 수 있는 더 수월하거나 가능성이 높은 해결책을 생각해낼 수 없군요. 귀관에게 더 나은 대안이 있나요?"

탈렌하임은 고개를 가로저었다.

"그럼 이대로 진행해도 되는 거죠?"

홈즈가 탈렌하임에게 의견을 묻는 듯한 시선을 보내자 탈렌하임이 박수로 화답했다.

"그대로 진행하죠."

그는 단호하게 잘라 말했다.

"왕비께 모든 사항을 자세히 말씀드리고, 그분의 허락을 얻어내는 게 무엇보다도 중요하네." 내가 지적했다.

"지극히 옳은 말일세, 왓슨. 왕비께서 중심 역할을 하셔야 하니까."

"아침에 왕비 마마와 이 문제를 논의할 시간이 있을 겁니다." 탈렌하임이 말했다.

"새벽에 있을 간단한 의식 절차에 두 분이 참석해주신다면 정말 감사하겠습니다."

"국왕 폐하의 장례식에 말인가요?" 홈즈가 물었다.

"그렇습니다. 폐하께서 돌아가신 이유도 별로 상서롭지 못한 데다가 정세도 뒤숭숭해서 신중히 선택된 일부에게만 폐하의 죽음을 알렸고, 그에 따라 장례식도 적절한 절차와 의식 없이 비밀리에 치러야만 합니다."

벽난로의 불길을 멍하니 바라보며 고개를 살래살래 흔드는 탈렌하임의 모습이 슬프고 지쳐 보였다.

"우리 나라가 왜 이런 꼴이 됐는지 답답하기만 합니다. 왕실과 플라비아 왕비께 무슨 일이 벌어질지 그 누가 알겠습니까?"

홈즈는 탈렌하임을 안심시키려는 듯 그의 어깨에 손을 올려놓았다.

"힘을 내시오, 탈렌하임. 마음을 단단히 먹어야 합니다. 앞으로의 48시간이 아주 중요한 때이고, 귀관이 최대한의 노력을 쏟아 부어야 하니까요."

* * *

이틀이나 연속해서 두어 시간밖에 자지 못했기 때문에 신경이 곤두서고 초조했다. 머릿속은 수많은 생각과 희망 사항, 두려움들로 가득 차 있어 무척이나 피곤한데도 쉽게 잠들지 못했다.

그러다가 잠시 눈만 감은 것 같았는데, 홈즈가 국왕의 장례식에 참여해야 한다면서 나를 깨웠다.

춥고, 안개가 낀 데다가 보슬비까지 내리는 새벽이라 우울한 행사를 치르는 배경으로는 아주 제격이었다. 우린 의식을 거행하기 위해 담으로 둘러싸인 궁전 내의 정원에 모였다. 조문객은 창백하지만 차분한 표정의 왕비와 마지막까지 국왕의 옆에서 치료와 간호를 담당했던 주치의, 장례식을 주재할 스트렐사우 대주교, 프리츠 폰 탈렌하임과 셜록 홈즈와 나, 이렇게 여섯 명뿐이었다.

소박한 관이 무덤 안으로 다 내려가자 왕비가 관 뚜껑 위로 한 송이의 붉은 장미꽃을 내려놓았다.

"만약에, 루돌프…… 만약에……."

왕비는 혼잣말로 중얼거렸다. 그녀의 눈에서는 눈물이 흘러내리진 않았지만, 겉으로 드러낼 수 없는 깊은 애석함이 보였다.

여느 장례식장에서 흔히 느낄 수 있는 슬픔의 기운보다 훨씬 더 강한 우울하고 음침한 분위기가 주위를 둘러싸고 있었다. 일국의 국왕을 이처럼 의식도 제대로 치르지 않은 채 조촐하게 묻어야 하는 게 본질적으로 문제라는 걸 다들 깨닫고 있기 때문인 것 같았다. 하여튼 힘이 쭉 빠지는 경험이었다.

대주교가 뭔가 기도문을 읊조리는 가운데 탈렌하임과 주치의가 아무런 표시도 없는 무덤 속을 부드러운 흙으로 채우고 있었다. 근엄한 표정을 짓고 있는 홈즈의 얼굴은 전혀 미동도 하지 않았다. 홈즈를 너무나도 잘 알고 있는 나조차도 그의 무표정한 가면 뒤쪽에서 어떤 생각들이 오가는지를 알아볼 수가 없었다.

잠시 더 묵념하고 궁전으로 돌아와서 정식으로 조의를 표하는 말들이 오간 다음, 탈렌하임과 홈즈와 나는 왕비의 거처로 초대됐다. 그곳에서 따스한 브랜디가 들어 있는 술잔을 건네받고 국왕을 떠나보내는 마지막 건배를 했다. 아주 잠깐 고인의 명복을 빌고 난 후, 우린 당장 눈앞에 닥쳐온 미래에 대한 논의에 빠져들었다. 탈렌하임이 어제 낚시 오두막에서 있었던 모험담을 이미 왕비께 설명해드렸는지, 왕비는 이제 홈즈에게 그 이야기는 더 묻지 않고 그가 세운 전략을 말해달라고 요청했다.

플라비아 왕비가 평정심을 잃지 않고 조용히 앉아 있는 가운데, 홈즈는 커다란 대리석 벽난로 앞을 왔다 갔다 하면서 특유의 논리적인 말솜씨로 행동계획을 상세히 설명했다.

"홈즈 씨, 귀공은 정말 대담하시군요."

내 친구가 설명을 끝내자 왕비가 말했다. 그러고는 잠시 말을 멈추고 홈즈의 얼굴에 눈길을 고정하고 찬찬히 살폈다.

"나는 귀공이 그 일을 충분히 해낼 수 있다고 믿는다는 걸 알아주셨으면 합니다!"

"감사합니다, 왕비님."

홈즈가 겸손하게 대꾸했다.

"그럼 이제 루돌프가 어떤가를 말씀해주세요. 잘 있는 것처럼 보이던가요?"

"건강 상태는 최상으로 보였습니다."

"그리고 그 사람은 귀공의 계획을 즉시 받아들이던가요?"

홈즈는 그렇다고 힘차게 고개를 끄덕였다.

"그랬을 겁니다."

왕비는 입가에 살짝 미소를 머금었는데, 안색이 창백한데도 얼굴에서 광채가 나는 것 같아 얼마나 아름다운 여인이었는가를 상기시켜주었다.

"신사 여러분," 왕비의 말이 이어졌다.

"또 한 번 건배를 할 수 있도록 잔들을 가득 채워주세요. 셜록 홈즈의 성공과 헨차우의 루퍼트 백작의 몰락을 위해서!"

✦

15장

루퍼트의 도발

보헤미아의 빌헬름 왕이 도착할 때까지, 우리가 준비할 수 있는 시간은 그날의 나머지 시간밖에 없었다. 탈렌하임은 수도의 반대쪽에 있는 기병대 주둔지를 방문하느라고 자리를 비웠다. 두어 사람을 제외한 모든 사람이 우방의 국가원수가 이 나라를 정상적으로 방문하는 것으로 여기는 왕실 행사에 대한 마지막 지시를 내리기 위해서였다. 언어의 장벽을 무릅쓰고 읽어본 조간신문에 의하면, 루리타니아의 국민이 대체로 이번 국빈 방문을 즐거이 받아들이는 것 같았고, 특히 수도인 스트렐사우에서는 그들의 지배자가 오랜 기간의 요양 생활을 떨쳐버리고 모습을 보일 가능성에 대해 잔뜩 기대하고 있는 것 같았다.

홈즈와 단둘이 남겨진 나는 궁전 내의 한정된 장소에서 갇혀

지내다시피 했다. 내 친구는 시무룩한 표정으로 아무런 말도 하지 않았고, 나는 나대로 이런저런 생각에 잠겨 있었는데, 그 대부분이 불안과 불확실성과 두려움이었다는 걸 고백해야겠다. 홀슈타인과 로저 경이 죽고, 홈즈와 내가 탈출했다는 소식을 들었을 때 루퍼트의 반응이 어땠을지 궁금하지 않을 수 없었다. 지금 복수를 계획하고 있을까? 아니면 내일에 대한 생각에 사로잡혀서 두 명의 외국인 침입자들쯤은 싹 무시해버릴 정도로 야망에 젖어 있을 수도 있었다. 녀석이 지나치다 싶을 정도로 성공에 대한 자신감이 커서 우리가 탈출한 것을 진정한 위협으로 보지 않고, 필요하다면 권력을 잡은 다음에 우리를 처리할 수 있다고 믿어주기만을 간절히 바랐다.

정오가 조금 지난 후, 나는 의자에서 졸고 있었고, 홈즈는 자신의 변장용 장비를 실험하고 있었다. 갑자기 들려온 노크 소리에 나는 정신을 바짝 차렸다. 안으로 들어오는 플라비아 왕비의 얼굴에 불안의 구름이 잔뜩 끼어 있었다.

"홈즈 씨! 그 사람이 이곳 궁전에 있어요!"

왕비가 다급하게 속삭였다.

"루퍼트가요?" 홈즈가 믿을 수 없다는 듯 물었다.

"맞아요. 그 사람이 알현을 신청했어요."

"어떻게 이런 일이! 아주 간이 배 밖으로 나온 녀석이로군요!"

"내가 뭘 해야 하나요? 프리츠는 아직 돌아오지 않았고, 나는 어떻게 해야 할지 갈피를 잡을 수가 없군요."

홈즈는 아주 잠시 생각에 잠겼다가 왕비의 질문에 대답했다.

"당연히 녀석을 만나야 합니다. 허락하신다면 왓슨과 제가 알현하시는 곳에 참석하겠습니다."

"당연히 그러서야죠."

왕비는 좀 안심이 되는지 얼른 승낙했다.

더 이상 의견을 나누지 않고 우린 왕비를 호위해서 국왕의 접견실로 나갔다. 그곳에는 대관식 직후에 그린 루돌프의 실물 크기 초상화가 실내를 압도하며 걸려 있었다. 우리의 등장을 초상화가 흥미진진한 눈길로 내려다보는 것 같았다. 초상화 아래쪽의 연단에 금빛으로 빛나는 왕좌가 놓여 있었다. 왕비가 왕좌에 앉고, 홈즈와 내가 왕좌의 좌우에 버티고 섰다.

"좋은 기회인데 왜 지금 녀석을 체포하지 않는 건가?"

내가 홈즈에게 속삭였다.

"그처럼 간단한 일이라면 얼마나 좋겠나, 왓슨. 루퍼트가 청색당 배후의 주된 세력이긴 하지만, 녀석이 지도자일 뿐이라는 걸 명심하게. 루퍼트만큼이나 엘프베르크 왕실의 몰락을 열망하는 놈들이 얼른 그의 자리를 차지할 걸세. 루리타니아를 위협하는 이런 세력을 없애려면 청색당이 공개적으로 신뢰를 잃을 필요가 있고, 그렇게 되면 줄기는 물론 뿌리까지 샅샅이 도려낼 수 있네."

내가 뭐라고 대꾸하기도 전에, 헨차우의 루퍼트의 입실이 허락됐다. 녀석은 자신에 찬 팔자걸음으로 연단을 향해 다가왔는데, 얼굴 가득 오만한 웃음을 짓고 있는데도 그것이 차가운 표정을 누그러뜨리기보다는 오히려 더 냉혹하게 보이게 만들었다. 녀석은 왕비 앞에서 무릎을 꿇고 왕비의 손에 키스했는데, 녀석의 그런 행동에는 조롱기가 넘실거렸다.

"왕비 마마, 알현을 허락해주셔서 감사드립니다."

루퍼트는 매끄러운 목소리로 말했다.

"아주 건강해 보이시고, 아주 재미 있는 사람들과 함께 계신 것을 보니 제 마음은 무척이나 즐겁사옵니다."

녀석은 나와 홈즈를 곁눈질하며 씩 웃었다.

"이 신사분들을 마지막으로 봤을 때는 목숨이 곧 끊어질 듯해서 무척이나 마음을 졸였사옵니다. 사실 지금도 그 심정에는 변함이 없사옵니다."

"루퍼트 백작," 플라비아 왕비는 권위를 내세우며 냉랭한 목소리로 말했다.

"본인의 시간은 아주 귀중한 것이고, 그런 말을 듣기 위해 할애할 시간 따위는 없습니다. 방문한 목적을 단도직입적으로 말씀해보세요. 이런 접견은 별로 기분이 좋지 않군요."

왕비의 말에는 용기와 반항의 기색이 번뜩여서 내 가슴은 그녀에 대한 존경심으로 부풀어 올랐다.

루퍼트는 왕비를 놀리려고 작정한 듯 실내를 느긋하게 쭉 둘러봤다.

"폐하께옵서는 여전히…… 몸이 편찮으시겠죠?" 그는 자신이 던진 조롱 섞인 질문에 대답이 돌아오지 않자 계속 지껄였다.

"그거야 아무려면 어떻습니까? 마마께 말씀드려도 폐하께 말씀 올리는 것과 다를 바가 없으니까요. 이제 바로 핵심으로 들어갈 텐데, 모든 가식을 벗어버리는 게 가장 중요하겠죠. 루돌프가 보헤미아의 국왕을 맞이하기 위해 내일 사람들 앞에 모습을 드러낼 수 없다는 건 우리 두 사람이 모두 절실히 깨닫고 있지 않나요? 아, 물론 당신이 횡설수설하는 폐하를 백성들 앞에 내세우려고 결심하지 않는다는 전제하에서요."

나는 한걸음에 달려 나가 이런 잔인하고 막돼먹은 말을 지껄이는 오만한 악당을 후려갈기지 않으려고 무척이나 애를 써야 했다. 하지만 왕비는 냉정한 태도를 유지하며 침묵을 지켰다. 왕좌의 팔걸이를 얼마나 세게 쥐었던지 손마디가 모두 하얗게 변해버리긴 했지만……

"곤경을 모면할 쉬운 길을 왜 택하지 않는 건가요, 플라비아?" 이제 완전히 느긋한 마음으로 이런 상황을 즐기기 시작한 게 분명한 루퍼트가 말을 계속했다.

"내가 또 다른 국왕을 제공해드릴 수 있소. 딱 3년 전에 스트렐사우 대성당에서 대관식을 치렀던 바로 그 사람 말이오. 이걸 뭐라고 표현해야 하지? 당신과……." 루퍼트는 극적인 효과를 거두려는 듯 잠시 뜸을 들였다.

"당신과 열정을 불태웠던 바로 그 사내요."

플라비아는 루퍼트를 눈빛으로 찢어발길 듯 노려봤지만, 한

마디도 하지 않았다.

"당신의 딜레마를 품위 있게 해결할 수 있는 해결책을 제공해주겠소. 국민들은 자신들의 국왕이 건강을 회복하고 돌아온 모습을 볼 수 있고, 당신은 사랑하는 사내와 결합할 수 있게 되니, 누이 좋고 매부 좋은 격이죠."

"남을 위해 자신을 희생할 수 있는 사람이 정말 있군요."

홈즈가 루퍼트의 조롱을 맞받아치며 한마디 했다.

루퍼트는 홈즈를 바라보며 활짝 웃었다.

"아, 꼭 그렇지만은 않소, 셜록 홈즈 씨. 내게도 그럴듯한 이득이 떨어지는 것이니까."

"루퍼트 백작," 왕비는 아무런 감정도 느껴지지 않는 메마른 어조로 말했다.

"당신은 지금 쓸데없는 말로 내 시간을 허비하고 있어요. 루돌프 국왕 폐하께선 내일 빌헬름 국왕 폐하를 영접하는 자리에 참석하실 거예요. 하지만 당신이 이 문제를 더는 밀고 나가는 헛수고를 하지 않도록 한마디 더 해주겠어요. 당신의 탐욕스럽고 더러운 손이 왕관을 거머쥐도록 도울 바에는 차라리 목숨을 끊고 말겠어요. 접견은 이것으로 마치겠어요."

"좋습니다. 당신은 자신의 선택을 분명히 밝힌 셈이로군요. 당신의 용기가 가상하긴 하지만, 오늘의 공허한 말은 내일의 바람에 싹 쓸려 날아가 버릴 겁니다."

접견실을 나가려고 돌아서던 루퍼트가 여전히 비웃음을 얼굴에 가득 채운 채 홈즈에게로 눈길을 돌렸다.

"영국 놈, 넌 너 자신을 궁지로 몰아넣었어. 절대로 빠져나가지 못할 구석으로! 네 녀석의 목숨을 나타내는 모래시계의 알갱이가 점점 줄어들고 있다는 걸 알아둬라. 나는 곧 이 나라의 모든 권력을 손에 넣을 것이고, 숨을 곳이라고는 단 한 군데도 없게 될 것이다. 확실히 말해두겠는데, 나는 네놈에게 단 한 푼의 자비도 베풀지 않을 작정이다."

지금까지 루퍼트의 얼굴에 자리 잡았던 느물거리는 모습은 싹 사라지고, 분노에 가득 찬 냉혹하고 잔인한 표정만이 나타나 있었다. 홈즈는 정말로 겁을 집어먹은 듯 아무런 말도 하지 못했다. 근심으로 인해 그의 눈썹이 잔뜩 찌푸려졌다. 자신이 던진 위협에 내 친구가 보인 반응에 흡족해진 루퍼트는 작별인사를 하려고 다시 왕비 쪽으로 돌아섰다.

"왕비 마마," 루퍼트는 깊숙이 허리를 굽혔다.

"내일 아침에 철도역에서 뵙기로 하죠."

말이 끝나자마자 루퍼트는 휙 돌아서서 가벼운 발걸음으로 접견실을 나섰고, 뒤에 남겨진 우리는 정신이 멍한 채 아무 말도 하지 못하고 침묵으로 일관했다. 갑자기 셜록 홈즈가 폭소를 터뜨렸다. 왕비와 나는 어리둥절한 표정으로 홈즈를 쳐다봤다.

"사과드리겠습니다."

홈즈가 웃음을 거두며 정중히 사과했다.

"사람들 속에 자리 잡은 오만이라는 게 본질적으로 취약한 것이라서 절 늘 웃게 만들어서 말입니다."

"취약하다고?"

나는 자신만만한 루퍼트를 홈즈가 그렇게 묘사하는 걸 듣고는 깜짝 놀라 그의 말을 그대로 따라 했다.

"사실일세, 친구. 루퍼트가 이곳으로 찾아온 것은 대담한 행위라는 걸 나도 인정하는 바이지만, 우리가 녀석의 자신감을 어느 정도 뒤흔들어놨다는 징표이기도 하네. 내가 녀석의 위협에 곤혹스러운 표정을 지은 건, 우리가 아무리 애를 써도 녀석의 음모를 막을 수 없다는 녀석의 믿음을 한층 더 공고히 해주기 위해 일부러 한 행동일세."

"귀공은 날 매우 혼란스럽게 만들었어요, 홈즈 씨."

왕비가 옆에서 거들었다.

"귀공이 용기를 잃어버린 게 아닌가 생각했거든요."

"제가 하려는 모든 속임수가 다 성공하기를 기원하죠."

홈즈가 매우 진지한 어조로 말했다.

* * *

나는 그날의 남은 시간 대부분을 홀로 지냈다. 탈렌하임이 궁전으로 돌아오자, 그와 홈즈는 상당한 시간을 함께 보내며 다음 날에 있을 군사작전을 논의했다. 그런 다음, 홈즈는 침실 문을 굳게 걸어 잠그고 혼자서 몇 가지 실험을 수행했다. 나도 혼자 있는 기회를 이용해서 지난 며칠 동안의 극적인 사건들에 정신을 집중하고, 이번 사건의 복잡다단한 요소들을 명확히 다듬었다. 사건이 시간적인 순서에 따라 정렬되자, 헨차우 사건의 요점들을 정리하기 시작했다. 그러다가 이번 수사가 극도의 비밀유지가 필요하고 정치적으로도 위험하기 짝이 없어서 적어도 수십 년 동안은 출간할 수 없다는 걸 깨달았다. 그저 결과가 만족스럽게 나오기만을 바랄 수밖에 없었다.

그날 저녁, 탈렌하임과 홈즈, 그리고 나는 왕비의 사실(私室)에서 저녁 식사를 함께했다. 모두 자신만의 생각에 빠져 있고, 또 그것을 다른 사람들에게 털어놓으려고 하지 않아 분위기는 축 가라앉아 있었다. 하지만 식사가 끝나고 편안한 자세로 브랜디를 마시게 되자, 탈렌하임이 먼저 내일 보헤미아의 빌헬름 왕을 영접하면서 왕실의 군대를 어떻게 전개할 것인지를 포함한 모든 계획을 자세히 설명했다. 빌헬름 왕의 전용 열차는 정오에 스트렐사우 역에 도착할 예정이었다. 빌헬름 왕은 레드카펫에 내리자마자 플라비아 왕비의 영접을 받게 되어 있었다. 이후, 두 사람은 국빈 방문한 왕을 환영하는 연회가 계획되어 있는 궁전으로 왕실마차를 타고 가게 되어 있었다.

"그런데 이제 우리도 알게 된 사실이지만,"

홈즈가 끼어들었다.

"루퍼트는 국경에서 라센딜과 함께 열차에 올라탈 계획이고, 열차가 스트렐사우에 도착하면 빌헬름 왕은 '루돌프 왕'과 어깨를 나란히 하고 모습을 드러내게 되는 겁니다. 이 일과 우리가 마련한 자그마한 깜짝 선물이 내일을 아주 재미있는 날로 만들어줄 겁니다. 우리가 아무리 꼼꼼하게 계획을 점검했다 하더라도, 예측하지 못한 일에 즉시 대응할 준비가 되어 있어야 합니다."

내일 있을 축제에 참가하는 수많은 사람을 고려할 때 계획이라고 세운 것들이 몽땅 다 비현실적이고 괴상한 것으로 여겨졌다. 내가 알고 있는 범위 내에서는, 루리타니아의 귀족들과 각국에서 온 대사들—상당히 유명한 한 사람(영국대사를 의미함)은 제외하고—, 군인들, 일단의 하인들은 모두 다 은밀히 흐르고 있는 극적인 암류(暗流)와 곧 눈앞에 펼쳐질 중대한 연극에 대해서 전혀 모르고 있었다.

이야기가 거의 끝나갈 무렵, 홈즈는 왕비와의 독대를 요청했고, 탈렌하임과 나는 두 사람을 놔두고 왕비의 사실에서 나왔다. 나는 잔뜩 지친 채로 내 방으로 돌아왔지만, 잠을 거의 잘 수 없을 거라는 걸 잘 알고 있었다. 두려움과 흥분이라는 전혀 다른 감정이 이상한 형태로 공존하며 핏줄을 따라 흐르고 있는 걸 느꼈다. 나는 어둠에 잠긴 채 침대에 누워 달빛을 받으며 창문을 지나치는 구름을 멍하니 지켜봤다. 내일 무슨 일이 벌어지든 간에, 셜록 홈즈는 자신의 탐정 경력상 최대의 도전을 감행할 것이 분명했다.

✦
16장

젠다의 숲

가는 날이 장날이라고 결전의 날은 새벽부터 회색빛 하늘을 먹구름이 가로지르며 잔뜩 흐렸다. 나는 잠을 설쳤던 터라 침대에서 일어나 옷을 갖춰 입자 오히려 다행이라는 생각이 들었다. 흐린 날씨 때문인지, 아니면 오늘 있을 일에 대한 걱정 때문인지는 모르겠지만, 홈즈의 침실 문을 노크할 때는 아주 기운이 없었다. 하지만 방 안에 들어서자 마음을 답답하게 만들었던 온갖 암담한 생각들이 순식간에 사라져버렸다. 그건 화장대 앞에 금실로 짠 어깨 장식과 진홍빛 허리띠까지 갖춘 엄청나게 아름다운 흰색 제복을 입고 루리타니아의 루돌프 5세가 앉아 있어서였다! 내가 들어서는 걸 보더니 국왕은 환영한다는 듯 미소를 지었다.

"어떤가, 친구?" 귀에 익숙한 목소리가 들려왔다.

홈즈의 변장 능력은 오랜 세월 나를 감탄과 경악의 세계로 몰아넣었다. 죽었다고 믿었던 친구가 서적상의 모습으로 내 집을 찾아왔을 때의 충격을 나는 지금도 잘 기억하고 있다.[4] 바로 그때, 내 생애 처음이자 마지막으로 기절하고 말았다. 또한, 모리아티 교수와 그의 부하들의 추적을 따돌리고 도망칠 때 근엄한 이탈리아인 성직자로 변장해서 나까지 속였던 일도 떠올랐다. 그리고 바로 이 자리에서 그러한 재능의 결정판이라 할 수 있는 광경이 펼쳐지고 있었다. 홈즈는 단순하게 모습만 바꾼 것이 아니라 아예 그 사람 자체가 되어 있었다.

"정말 놀랍군." 나는 숨을 헐떡거리며 말했다.

"좋아, 이 정도면 충분한 것 같군. 이게 큰 도움이 됐는데……."

홈즈가 지금은 벽에 기대어 세워져 있는 루돌프 왕의 대관식 초상화에서 천을 걷어내며 설명했다.

"내 요청을 받고 왕비께서 이걸 이곳으로 운반해줬고, 나는 초상화를 보고 밤새 겉모습을 바꿨다네. 머리카락 색깔을 흉내내는 게 가장 어렵더군. 완벽하게 색깔을 맞추기 위해 국왕이 무덤에 안장되기 전에 잘라낸 머리카락을 조금 손에 넣는 행운을 누렸지. 처음에는 내 머리카락을 염색해도 될 것 같다고 생각했는데, 시간이 너무 걸리는 데다가 색깔도 똑같이 나오지 않을 뿐

---

[4] 홈즈가 라이헨바흐 폭포까지 쫓아온 모리아티 교수와 격투를 벌이다가 실종되자, 폭포에 떨어져 사망한 것으로 알려졌는데, 상당한 시간이 흐른 후에 서적상으로 변장한 채 왓슨의 진료실로 찾아와 그를 놀라게 했던 일을 말한다.

만 아니라 질감까지 일치하도록 하는 게 너무나 힘들다는 걸 깨달았네. 내 머리카락이 너무 가늘어서 굵직한 국왕의 머리카락을 흉내 내기가 쉽지 않더군. 따라서 적당한 가발에 물을 들이기로 했네. 내가 쓰고 있는 게 세 번째로 시도한 작품일세."

홈즈는 갖가지 화학약품과 염색약 병, 머리핀들이 어지럽게 널려 있는 테이블 위에 놓인 두 개의 실패작을 손가락으로 가리켰다.

"일단 머리카락이 준비되자, 얼굴을 손보기 시작했네. 코의 모양과 길이가 가장 흉내 내기 어려웠는데, 퍼티(유리를 창틀에 끼울 때 바르는 접착제)를 신중하게 사용하고 옆면을 진하게 칠해서 나름 봐줄 만하게 변형시켰다고 믿고 있어."

홈즈는 두 손으로 제복의 주름을 펴며 일어서서 자신의 변장한 모습을 전신거울에 비춰봤다.

"왕비께서도 그럴듯하다고 인정하더군. 사실대로 말하면, 상당히 놀랐다네."

홈즈는 가슴을 쭉 펴며 우쭐댔다.

"자네 솜씨야 잘 알고 있으니 나는 놀라지는 않았네."

"목소리가 큰 문제일 수도 있네. 자네도 알다시피, 나는 국왕의 사진을 면밀하게 연구하고, 국왕의 행동거지에 대해서는 왕비와 탈렌하임의 도움을 받았지만, 국왕이 말하는 걸 한 번도 들어보지 못한 터라 음색과 울림 같은 걸 흉내 내는 게 어렵단 말일세."

"라센딜의 목소리는 어떤가? 비슷할 게 틀림없는데."

"맞아, 아주 비슷하다고 하더군. 하지만 그 비슷한 걸 또 비슷하게 흉내 내다 보면 어딘가에 미진한 부분이 있게 마련이지. 따라서 약간 쉰 목소리를 내는 게 훨씬 더 안전하다고 생각했네. 이처럼 말일세." 홈즈가 시범을 보였다.

"상당한 기간 앓아누웠던 국왕이라면 목소리에 힘이 없어야 정상이겠지."

"그거야 맞는 말일세."

내가 홈즈의 말을 인정했다.

"하지만 그걸로 루퍼트를 속일 수 있을까?"

"곧 알게 되겠지, 친구."

'루돌프 왕'은 장갑을 끼면서 흥분한 기색이 번득이는 눈길로 날 지그시 쳐다봤다.

"준비됐나, 왓슨? 이제 게임이 시작됐네."

* * *

우리는 왕비께 작별인사를 했고, 홈즈의 완벽한 변장에 눈이 휘둥그레진 탈렌하임의 안내를 받아 우리의 말과 꼭 가져가야 할 무시무시한 화물을 찾기 위해 마구간으로 갔다. 거친 천이 덮여 있는 이 화물은 세 번째 말의 등에 축 늘어진 채 매달려 있었다. 우리는 아무 말도 하지 않고 탈렌하임과 악수를 하고는 다시

한 번 젠다의 숲으로 출발했다. 홈즈는 자신의 외모를 감추려고 후드가 달린 승마용 망토를 걸쳤다.

무성한 숲으로 들어서자 우리는 거대한 '엘프베르크 가의 떡갈나무'로 향했다. 나무 근처의 은밀한 곳에 말을 묶어놓고, 우리는 준비작업을 했다. 홈즈가 사람이 타지 않았던 세 번째 말 등에서 무거운 짐을 끌어내려 천을 벗겼다. 거지처럼 다 해진 옷을 입은 노인의 시신이 모습을 드러냈다.

"이 시신은 죽은 지 열두 시간이 채 지나지 않았다고 탈렌하임이 보증했네. 궁전의 조리실에서 일하던 사람인데, 어제 폐렴으로 세상을 떠났다더군."

홈즈가 음산한 미소를 지었다.

"이 노인은 죽은 다음에도 조국에 헌신하게 될 걸세. 자, 손을 좀 빌려주게, 왓슨."

우리는 힘을 합쳐 시신을 운반해서 나무들이 산지사방으로 가지를 뻗어 이미 통행하기가 곤란한, 쭉 뻗은 오솔길의 좁은 부분에 가로로 걸쳐 뉘어놓았다.

"조사해봐야 이미 죽은 거지라는 것 이외에는 드러나지 않을 걸세."

홈즈가 말했다.

"이 시신이 우리가 필요로 하는 시간만큼 적들의 주의를 끌어주길 빌어보세나."

우리는 엘프베르크 가의 떡갈나무 뒤쪽으로 물러나서 기다렸다. 이제 가랑비가 떨어지긴 했지만, 큰 나무가 잘 가려준 덕분에 몸은 전혀 젖지 않았다. 10시가 지나고 약간의 시간이 흐른 뒤, 이쪽을 향해 달려오는 말발굽 소리가 들렸다. 나는 얼른 리볼버를 꺼내 들었다. 심장이 당장 가슴을 뚫고 튀어나오려는 듯 쿵쾅거렸다. 저 멀리 떨어진 오솔길에서 얇게 커튼을 친 것 같은 가랑비 사이로 청색이 아른거리며 움직이고 있었다. 눈을 몇 번 깜빡거리지도 않았는데 여러 명의 기수를 확인할 수 있었다. 이들이야말로 우리가 기다렸던 바로 그 무리였다. 홈즈는 기수가 몇 명인지를 알아보려고 상체를 조금 내밀었는데, 긴장감으로 잔뜩 굳은 얼굴인데도 즐거워하는 기색이 언뜻언뜻 보였다.

기수는 네 명뿐이었다. 루리타니아의 미래를 결정할 두 사내가 앞에서 말을 달리고 있었다. 두 명 중에서도 헨차우의 루퍼트 백작이 의기양양한 모습으로 약간 앞서 달렸고, 그 뒤를 바짝 따라서 홈즈처럼 국왕의 공식 예복을 차려입고 어깨에 우비 망토를 두른 라센딜이 말을 몰고 있었다. 두 사람의 뒤를 두 명의 청색당 장교가 따르고 있었는데, 그중 한 명은 잘버크 대위였다.

기수들 무리가 오솔길에 누워 있는 형체에 가까워지자 루퍼트가 한 손을 들어 일행을 정지시켰다. 잘버크와 루퍼트가 말에서 내렸고, 잘버크가 장애물을 조사하러 앞으로 나아갔다. 그러는 동안, 라센딜의 말이 뭔가에 놀란 듯 뒷발로 일어선 채 앞발로 허공을 난폭하게 긁어댔다. 그 바람에 타고 있던 라센딜이 떨어질 뻔했다. 라센딜은 겁에 질려 비명을 지르고 허우적거리며 왼팔을 뒤로 휘둘렀는데, 그게 또 뒤쪽에 있던 청색당 장교의 얼굴을 후려갈겨 버렸다. 꽤 심하게 얻어맞았는지 장교는 중심을 잃고 땅바닥으로 굴러떨어졌다. 라센딜의 말은 자기만의 어떤 의지가 있었는지, 라센딜이 죽어라고 고삐를 잡아당기며 진정시키려고 했는데도 오솔길을 벗어나 무성한 덤불 속으로 들어가 버렸다. 말을 제지하려는 라센딜의 고함이 울려 퍼지는 가운데 말과 기수는 시커먼 숲 속으로 자취를 감췄다.

　오솔길을 가로막고 누운 시체가 '나이 든 부랑자에 불과하다'는 보고를 받은 루퍼트는 자신의 말을 향해 달리면서 연속적으로 지시를 내렸다. 두 명의 장교는 황급히 말에 다시 올라탔지만…… 이제 라센딜이 흔적도 없이 사라지고 말았다.

　이러한 혼란이 계속되는 가운데, 녀석들의 추적 목표가 무성한 나뭇잎들을 헤치며 우리가 숨어 있는 곳의 옆에서 불쑥 튀어나왔다. 홈즈와 라센딜은 한마디 말도 하지 않은 채 재빨리 망토를 바꿔서 걸쳤고, 홈즈는 라센딜이 타고 온 말의 고삐를 잡자마자 얼른 올라타고는 말을 몰고 나갔다.

　라센딜과 나는 몸을 납작 엎드린 채 나무의 몸통 옆으로 청색당 녀석들이 허둥대며 가짜 왕을 찾아 오솔길부터 숲 속까지 샅샅이 뒤지는 모습을 훔쳐봤다. 그런데 바로 그 순간, 마법처럼 '국왕'이 숲 속에서 튀어나와 그들과 합류했다. 왕은 잔뜩 주눅이 들고 정신이 나간 표정을 지은 채 손짓 발짓으로 간신히 말을 통제할 수 있게 됐다는 표시를 했다.

화가 나서 얼굴이 시뻘겋게 달아오른 루퍼트는 말에 올라타더니 '국왕'을 심하게 질책했다. 홈즈는 좀 전에 처한 곤경 때문에 아직도 몸이 떨린다는 시늉을 하면서도 루퍼트의 지적에 일일이 답변했다. 무슨 이유 때문인지 모르지만, 말이 갑자기 겁을 집어먹었고, 순간적으로 통제력을 잃어버렸다는 걸 설명하는 게 분명했다. 나는 루퍼트의 얼굴에서 한순간도 눈을 떼지 않았다. 녀석은 자신과 말하고 있는 게 루돌프 라센딜이 아니라 셜록 홈즈라는 사실을 전혀 알아차리지 못하는 것 같았다. 루퍼트의 분노는 라센딜의 미숙한 기마술과 그로 인해 야기된 혼란을 대상으로 한 게 분명했다. 가짜 왕들끼리의 바꿔치기가 성공한 셈이니, 홈즈가 세운 계획의 첫 단계가 제대로 수행된 게 틀림없었다. 하지만 나는 위험한 게임에 친구를 내보내놓고 마음을 턱 놓고 있을 정도로 세상 물정을 모르는 사람이 아니었다. 이건 위험하고 어려운 여정의 첫발을 뗀 것에 불과하고, 목표에 도달하기까지 넘어야 할 고비가 수없이 많다는 걸 깨달았다.

루퍼트의 명령에 따라 기수들은 즉시 대형을 정렬하고 일사불란하게 말을 몰고 나갔다. 그들이 가까이 지나칠 때 보니 루퍼트의 얼굴은 아직도 분이 가시지 않아 상기되어 있었고, 홈즈는 상황에 걸맞게 풀이 죽은 시늉을 하고 있었다. 불과 몇 초도 지나지 않는데, 기수들은 보헤미아 국왕의 왕실 전용열차를 맞이하러 국경 세관을 향해 부지런히 달려가고 있었다. 그들의 모습은 곧 무성한 나뭇잎 속으로 섞여 들어갔다.

기수들의 모습이 보이지 않게 되자 라셴딜은 내 쪽으로 몸을 돌리고 내 손을 격정적으로 잡았다.

"선생님이 왓슨 씨겠군요."

나는 살짝 미소 지으며 고개를 끄덕였다.

"선생님의 친구분이야말로 현명하고 용기 있는 분입니다. 아주 국왕과 쏙 빼닮았더군요."

나는 활짝 웃으며 크게 고개를 끄덕이고는 한마디 덧붙였다.

"귀하도 못지않습니다."

라셴딜은 껄껄 웃었다.

"자, 왓슨 씨, 이제 저를 선생님의 뜻대로 하셔도 됩니다. 다음은 무엇입니까?"

"먼저 이 망토로 몸을 덮고, 궁전으로 말을 몰아야겠죠."

* * *

우리는 뒷문을 통해 궁전으로 들어갔고, 초조하게 기다리고 있던 탈렌하임을 만났다. 걱정으로 잔뜩 찌푸려져 있던 그의 얼굴은 라셴딜의 모습을 보자마자 순식간에 활짝 펴졌고, 무모하기 짝이 없는 우리의 모험이 성공했다는 소리를 듣자 기쁨과 안심의 기색이 흘러넘쳤다. 탈렌하임과 라셴딜은 마치 오랫동안 헤어져 있던 형제처럼 서로를 꼭 껴안았다.

"나는 항상 당신이 엘프베르크 가의 그 어떤 사람보다도 더 용감하다고 말했었죠."

루리타니아 인이 씩씩한 목소리로 선언했다.

"아니면 가장 불운한 사람이거나요."

라센딜이 대꾸했다.

"루돌프, 얼른 왕비 마마께 좋은 소식을 알리도록 합시다. 마마께서는 당신을 애타게 기다리고 계실 겁니다."

라센딜과 탈렌하임의 만남이 격정적인 것이었다고 하더라도, 왕비와의 재회에는 비길 바가 되지 못했다. 두 사람은 그러한 감정을 신체적인 행동으로 내보이지는 않았지만, 얼굴을 마주 보고 서 있는 것만으로도 주변의 공기가 열기로 가득 차는 것 같았다. 두 사람이 사랑에 푹 빠져 있다는 건 셜록 홈즈의 추리력이 없더라도 한눈에 알아볼 수 있었다.

라센딜은 한쪽 무릎을 꿇고 왕비의 손에 키스했다.

"왕비 마마, 비천한 종에게 분부를 내리소서."

그는 부드러운 목소리로 말했다.

라센딜의 머리에 한 손을 올리고 머리카락을 다정하게 어루만지는 왕비의 두 눈이 촉촉이 젖어들었다. 바로 이 순간에 탈렌하임과 나는 조심스럽게 방에서 빠져나왔다.

밖에서 기다리는 동안, 내 정신은 셜록 홈즈에게로 돌아갔다. 모든 일이 홈즈가 계획한 대로 여전히 원활하게 진행되고 있는지 궁금했다. 회중시계를 꺼내 힐끗 내려다보고 시간을 계산하니 머지않아 국경의 세관에 도착할 것 같았다. 다행히도 곧 스트렐사우 중앙역까지 왕실의 행렬이 준비되어 있어서 홈즈가 마주칠 가능성이 있는 곤란한 일들에 대해 더 이상 고민하지 않아도 됐다.

정오가 되기 직전, 라센딜과 왕비가 탄 왕실 마차가 왕실 기병대의 호위를 받으며 궁전을 출발했다. 고급 장교의 제복을 걸친 탈렌하임과 나는 말을 타고 왕실 마차 바로 곁에서 중세의 분위기가 그대로 살아 있는 스트렐사우의 거리를 따라 달렸다.

비는 더 이상 내리지 않았고, 국왕의 모습을 잠깐이라도 보고 싶어 하는 환호하는 군중으로 수도 전체가 바글거렸다.

2층 창문에 매달린 사람들은 마차가 지나갈 때 녹색과 황금색의 마름모꼴 루리타니아 국기를 흔들며 환희에 가득 찬 소리를 질렀다. 자신들의 지배자가 병에서 완전히 회복된 모습을 보고서 진심으로 사랑과 기쁨에 찬 환호성을 지르는 걸 보니 가슴이 뭉클해졌다.

마차의 행렬이 쾨니히 광장으로 접어들자 중앙역의 거대한 이오니아식 기둥들이 멀리 보였다. 철도역으로 점점 다가가자, 나는 두려움과 공포로 몸이 빳빳이 굳어지는 것 같았다. 곧 있으면 이 위험스럽기 짝이 없는 사건의 절정에 도달할 것이라는 걸 알고 있어서였다.

17장

왕실 전용 열차

이번 장에서 기록하고 있는 일들은 내가 직접 목격한 것은 아니지만, 나중에 세세한 내막을 다 알게 된 것들이다. 이제 일관성 있는 흐름을 유지하기 위해 그것들을 극적인 형태로 제시하고자 한다.

✳ ✳ ✳

젠다의 숲에서 셜록 홈즈는 숲 속이 별로 밝지 않았고, 또 미리 꾸민 대로 그 순간에 발생한 극적인 사건 덕분에 아주 수월하게 루돌프 라센딜과 바꿔치기를 했고, 루퍼트도 아무런 의심 없이 홈즈를 라센딜로 받아들였다. 하지만 진정한 성공 여부는 나중에 더 시험을 거쳐야 했다.

　루퍼트가 앞장선 기수들은 앞이 잘 보이지 않던 숲을 떠나 탁 트인 공공도로를 따라 국경 쪽으로 가볍게 말을 몰고 가다가 그들 쪽으로 다가오는 근위병 소대와 마주쳤다. 어젯밤 궁전 마당에서 흘깃 보고 지나쳤던 지휘관이 앞으로 나서 그들을 맞이했다. 그 순간, 홈즈는 등 뒤를 세게 찌르는 총구를 느꼈다.

　"네 역할을 제대로 해라, 라센딜. 그렇지 않으면 플라비아를 다시는 보지 못할 것이다."

　라센딜로 가장한 홈즈의 바로 뒤를 따르던 잘버크가 속삭이듯 위협했다.

　"귀관들은 어떤 권한으로 이곳으로 오신 겁니까?"

　지휘관이 루퍼트에게 단도직입적으로 물었다.

　홈즈는 제복 위에 걸쳤던 망토를 흘러내리도록 하고 고개를 들었다.

　"나의 권한이노라."

　지휘관의 입이 딱 벌어졌다.

　"폐하, 소관은 전혀……."

　그는 정말 놀란 듯 말을 더듬거렸다. 지휘관은 재빨리 정신을 차리고 '국왕'께 멋들어지게 경례를 붙였다.

　홈즈는 너그럽게 미소를 지었다.

　"무슨 일이 있는 게 아니니 걱정하지 않아도 된다, 지휘관. 귀관들이 이렇게 경계를 잘하고 있는 모습을 보니 기쁘기 한량없다. 짐의 일정에 약간의 변화가 생겼노라. 보헤미아의 국왕을 스트렐사우가 아닌 슈타인바흐에서 마중하기로 했고, 친절하게도 루퍼트 백작이 짐을 호위하기로 한 것이다."

루퍼트의 이름을 언급하자 지휘관은 의아하다는 표정을 지었지만, 이처럼 별로 어울리지 않는 연합체에 대해선 아무런 말도 하지 않는 것이 좋다는 걸 알 정도로 경험이 풍부했다.

"그러시다면," 지휘관이 제안했다.

"소관이 폐하를 국경까지 안내하는 것이 좋을 듯싶사옵니다. 제 부하들은 공식적인 방문객이 있으리라고는 전혀 예상하지 못하고 있기 때문이옵니다."

홈즈는 거의 알아보지 못할 정도로 살짝 고개를 끄덕이는 루퍼트를 곁눈질했다.

"그리하도록 하라, 지휘관,"

홈즈가 허락했다.

"백작과 나는 귀관의 뒤를 따르겠노라."

지휘관은 경례를 올려붙이고 말을 돌려, 잘버크 대위와 다른 두 명의 청색당 장교들은 그대로 남겨둔 채 홈즈와 루퍼트를 목조건물인 세관으로 안내했다. 세관에 도착하자 지휘관은 말에서 내려 계단을 올라간 다음, 돌아서서 홈즈에게 말했다.

"폐하께서 잠시 기다려주시면, 폐하를 맞이할 준비를 하겠나이다."

지휘관은 자기 말만 하고 국왕의 대답도 듣기 전에 재빨리 문을 통해 세관 안으로 들어가 버렸다.

홈즈와 루퍼트 백작은 말에서 내려 타고 온 말들을 묶어놓고 기다렸다.

"내 말을 똑똑히 명심해라, 영국인," 루퍼트가 중얼거리는 목소리로 협박했다.

"털끝만치라도 엉뚱한 수작을 부리면 죽은 목숨이라는 걸!"

"엉뚱한 수작을 부리지는 않을 것이오. 나는 그저 운명에 따르기로 했소."

홈즈는 힘없는 목소리로 대꾸하며, 루퍼트에게 아주 가까이서 얼굴을 관찰할 기회를 주지 않으려고 고개를 돌렸다.

루퍼트의 얼굴에 미소가 번졌다.

"사태를 제대로 잘 파악하고 있군. 우리가 열차에 올라타면, 빌헬름 왕에게 나를 항시 네 곁에 붙어 있어야 하는 가장 가까운 친구이자 조언자라고 소개해야 한다는 걸 잊지 마라."

홈즈는 가볍게 고개를 끄덕였다.

"그 점은 잘 알고 있소."

지휘관이 되돌아와서 두 사람을 세관 안으로 안내했고, 차렷자세로 도열한 여섯 명의 군인을 통과해 플랫폼으로 나아갔다. 플랫폼에서는 두 명의 국경 수비대원들이 왕실의 방문객을 위해 레드카펫을 까는 중이었다. 2, 3일 전에 홈즈의 입국서류를 체크했던 늙은 세관원이 국왕을 보자 머뭇거리며 천천히 다가왔다.

"폐하," 세관원은 깊숙이 허리를 숙이며 말했다.

"폐하께옵서 참석하신다는 통보를 받지 못했사옵니다. 소신이 미리 알고 있었다면 제대로 된 영접을 받으실 수 있도록 준비를 했을 것이옵니다."

"번잡한 예식을 원하지 않노라. 지금이 아니더라도 이후에 아주 많이 치러야 할 테니까."

홈즈는 퉁명스럽게 대꾸했다.

"분부대로 하겠사옵니다, 폐하."

기나긴 세월이 주름을 수놓은 얼굴에 불편한 미소가 번지고, 노인에게서 흔히 볼 수 있는 어정쩡한 태도가 나타났다.

"건강을 되찾으신 것을 감축드리옵니다, 폐하. 작년 봄에 있었던 왕실 멧돼지 사냥 행사 이후에는 이쪽에서 뵈올 광영을 누리지 못했나이다."

홈즈가 고맙다는 표시로 살짝 고개를 숙이자, 늙은 세관원은 자신의 임무를 수행하기 위해 그곳을 떠났다. 하지만 막 일에 착수하려는 순간, 지휘관이 다가가 간단한 대화를 나눴다.

어느덧 가랑비가 그치고, 하늘이 밝아지면서 구름을 뚫고 푸른색의 작은 조각들이 언뜻언뜻 보였다. 홈즈는 멀리서 이쪽을 향해 꾸준히 움직이며 깃발처럼 흔들리는 연회색의 증기 구름을 봤다. 그로부터 얼마 지나지 않아 기관차가 시야에 들어왔고, 플랫폼은 순식간에 부산해졌다. 열차가 도착하면 보헤미아의 국왕을 맞이하기 위해 레드 카펫 위에 서 있는 루퍼트 백작과 홈즈의 양옆으로 의장대원들이 도열했다.

기관차는 천둥소리를 내며 플랫폼으로 들어와서 쉭 소리를 내고 멈춰 섰다. 플랫폼으로 힘차게 뿜어져 나와 자욱하게 깔렸던 증기 구름이 흩어지자 국왕이 탄 객차의 문이 열렸다. 보헤미아의 국왕인 빌헬름 고츠라이히 지기스몬드 폰 오름슈타인이 밖으로 걸어 나왔다.

보헤미아의 군주는 수 년 전 과거 사귀었던 정부(情婦)에게서 남부끄러운 사진들을 빼내기 위해 셜록 홈즈에게 의뢰한 적이 있었다. 홈즈는 빌헬름 왕에 의해서 자신의 정체가 탄로 날 수도 있는 심각한 위험에 처해 있다는 걸 잘 알고 있었다. 하지만 두 사람이 만났던 건 7년이나 지난 옛날이었고, 빌헬름 왕은 소위 권력을 가진 자들이 자신보다 낮은 계급이라고 여기는 다른 사람들의 인상에서 나타나는 특징적인 점들을 전혀 인식하지 않는 오만함이 몸에 배어 있는 사람이라고 홈즈는 생각했었다.

두 사람은 서로를 환영하기 위해 마주 보며 다가섰다.

"당신을 이곳에서 볼 수 있어 정말 놀랍고도 반갑구려, 루돌프. 몸이 몹시 안 좋다는 소문을 들었었는데, 이렇게 싱싱한 얼굴이라니!"

"소문은, 특히 어떤 왕과 관련된 것들은 믿지 않는 게 항상 현명한 법이오. 당신 자신이 잘 알고 있지 않소? 과거에 당신과 어떤 미국인 여자가 그렇고 그런 사이라는 소문이 있었던 걸 똑똑히 기억하고 있다오."

빌헬름이 폭소를 터뜨렸다.

"당신 말이 맞소이다. 우리야 온갖 사악한 소문의 표적이지. 그런데 아름다운 플라비아는 어디에 있소이까?"

"그녀는 스트렐사우에서 우리를 맞이할 것이오."

"잘됐군요. 내가 이곳을 방문한 진정한 목적이 그녀를 직접 보는 것이라는 걸 당연히 알고 있겠죠, 루돌프? 환영식에서는 내가 그녀를 독차지하고 춤을 출 생각이오." 빌헬름은 무척이나 즐거운 듯 그 큰 몸집을 흔들며 마음껏 웃음을 터뜨렸다.

홈즈는 의례적인 미소로 그 농담을 받아넘겼다.

빌헬름 왕은 호기심이 가득한 눈길로 루퍼트를 곁눈질했다.

"우리나라의 젊은 귀족 한 명을 소개해드리리다. 나의 조언자이자 가장 신뢰하는 친구인 헨차우의 루퍼트 백작이오."

루퍼트가 앞으로 걸어나와 깍듯이 인사했다.

"안녕하시오, 백작."

"폐하를 알현하옵니다."

루퍼트가 비굴해 보일 정도로 고분고분하게 대꾸했다.

"자, 신사 여러분, 열차에 오릅시다. 수도에 도착하기 전에 가볍게 한잔 하도록 합시다."

세 사람은 열차에 올라 핼버드(창끝에 도끼를 결합한 형태의 무기)를 들고 경비를 서고 있는 두 명의 보헤미아 병사를 지나 극도로 호화스럽게 치장된 객실로 들어섰다. 벽은 마호가니 판재로 마감되어 있고, 벨벳 커튼에, 값비싼 인도산 카펫이 깔려 있었다. 이곳에서 홈즈와 루퍼트는 보헤미아의 외무장관 보리스 글라사

노프를 소개받았다. 키가 크고, 프록코트를 걸친 머리가 벗겨진 사람이었다.

"자, 여러분, 편안히 자리에 앉으시오."

빌헬름 왕은 거대한 안락의자에 털썩 주저앉으며 명랑한 어조로 말했다. 그가 작은 종을 울리자 하인 하나가 즉시 나타나 객실에 비치된 캐비닛에서 술을 꺼내 대접했다.

루퍼트는 시종일관 귀를 기울여 말을 듣고 복종하는 자세를 취하며 홈즈의 곁에서 한 발자국도 떨어지지 않았다.

기관차가 연결됐는지 갑자기 덜컹하는 큰소리와 함께 꿀렁거리더니 왕실 열차가 세관을 벗어났다.

"스트렐사우까지는 얼마나 걸리죠?" 빌헬름 왕이 물었다.

"한 시간 정도입니다." 루퍼트가 얼른 나서서 대답했다.

"아하!"

보헤미아의 군주가 활짝 웃으며 말했다.

"카드를 한 게임 하기에는 충분하겠군. 여러분 생각은 어떠신지……?"

그건 그냥 예의상 물어본 말에 불과했다. 즉시 카드 테이블이 마련되고, 2, 3분이 채 지나기도 전에 빌헬름 왕이 카드를 돌리고 있었다.

홈즈는 이러한 상황 전환에 만족했는데, 왕실에 관한 깊숙한 이야기가, 자신이 알고 있는 범위를 넘어선 이야기가 나오는 걸 막을 수 있어서였다. 그는 보헤미아의 국왕이 게임에서 이기도록 해주는 한, 열차가 목적지에 도착할 때까지 즐거이 게임을 계속할 것이라는 걸 알아차렸다.

게임이 시작되고 15분쯤 흘렀을 때, 보헤미아의 경비병 대장이 객실로 들어왔다. 빌헬름 왕은 약간 노기를 띤 눈길로 대장을 올려다봤다.

"무슨 일인가?"

왕이 쏘아붙였다.

"폐하, 국경에서 루리타니아 군을 지휘하던 지휘관이 열차에 올라 긴급히 루돌프 국왕 폐하를 단독으로 뵙겠다고 요청하고 있사옵니다."

대장은 잔뜩 목소리를 낮춰 대답했다.

"젠장, 우린 지금 게임이 한창인데……."

홈즈는 이러한 상황이 벌어진 데 대해서 속으로는 어리둥절했지만, 겉으로는 태연하게 행동했다.

"지금 당장 처리하지 않아도 될 문제일 게 분명해."

그는 나른한 목소리로 말했다.

"지휘관은 화급한 문제라고 주장하고 있습니다, 폐하."

대장의 대답이 당장 돌아왔다.

"아, 그렇다면 그를 만나봐야겠군. 잠시 실례해도 되겠소, 빌헬름?"

홈즈가 일어서서 객실을 나가려고 하자, 루퍼트도 당장 따라 일어섰다.

"아, 아, 백작은 그래선 안 되지."

무뚝뚝한 어조로 말했지만, 빌헬름의 눈가에는 웃음기가 가득했다.

"카드 치는 사람을 둘이나 잃을 수는 없지. 당신 혼자서 지휘관을 충분히 다룰 수 있을 것 같소만, 루돌프?"

루퍼트는 엉거주춤한 자세로 서 있었다. 그는 이러지도 저러지도 못할 처지에 빠졌고, 이전에 했던 협박을 완전히 묵살하고 있는 홈즈를 노려봤다.

"그럼 가보시오, 루돌프. 그리고 일이 끝나는 대로 빨리 돌아오시고."

빌헬름 왕은 게임을 계속하고 싶은 욕심에 얼른 허락했다.

홈즈는 객실을 나가서 보헤미아 장교의 뒤를 따라 다음 칸으로 연결된 복도를 걸었다.

"지휘관은 저곳에 있사옵니다, 폐하."

장교는 그렇게 말하고 홈즈를 남겨둔 채 자신의 자리로 되돌아갔다.

홈즈가 대장이 알려준 객실로 들어선 순간, 순간적으로 블라인드가 다 처져 있다는 걸 깨달았고, 등 뒤에서 문이 닫히자마자 캄캄한 어둠 속에 내동댕이쳐지고 말았다. 홈즈가 재빨리 돌아서며 문손잡이로 손을 뻗었지만, 손이 채 닿기도 전에 누군가가 뒤에서 덤벼들었다. 한 손을 홈즈의 목에 두르고, 날카로운 칼끝을 홈즈의 목에 갖다 댔다.

"좋아."

어둠 속에서 목소리가 들렸다.

"넌 누구냐? 네가 루돌프 폐하가 아니라는 건 확실하다. 널 죽이기 전에 얼른 대답해라!"

*　*　*

누군지 알 수 없는 습격자가 목을 꽉 조인 채 날카로운 칼날로 경정맥을 당장에라도 갈라버릴 듯이 바르르 떨고 있는 상황은 셜록 홈즈를 혼비백산하게 하였다. 홈즈는 계획을 세우는 과정에서 자신이 루돌프 왕의 대역을 하면서 마주칠 수 있는 모든 위험요소를 신중히 고려했지만, 이런 상황은 상상조차도 해본 적이 없었다.

"넌 누구냐?"

말소리가 다시 들리자, 홈즈는 자신들을 기차역으로 안내했던 지휘관의 목소리라는 걸 알아낼 수 있었다.

"나는 귀관이 모시는 국왕의 친구라고 확실히 말할 수 있다."

홈즈는 목이 졸려 꺽꺽거리는 소리로 말했다. 습격자에게 내가 진짜 국왕인데 사람을 잘못 봤다고 해봐야 아무 소용이 없을 거라는 걸 확실히 깨닫고 있었다.

"귀관이 나를 공격함으로써 엘프베르크 왕가는 빠져나올 수 없는 위험에 처하게 됐다."

"말도 안 되는 소리를 늘어놓으며 진실을 털어놓지 않는다면, 나도 더 이상 네놈을 붙잡고 시간을 낭비하지 않아야겠지."

칼날이 홈즈의 목에 조금 상처를 냈다.

홈즈는 어떤 식으로 설명해도 자신의 진실성을 근위대 장교에게 납득시키지 못할 것이라는 걸 깨달았다. 이성이 아니라 무력만이 옴짝달싹할 수 없는 곤경에서 몸을 빼낼 수 있는 유일한 수단이었다. 이제 홈즈의 눈은 어둠에 적응되어 있었다. 블라인드가 처진 창문 아래쪽 틈새로 스며드는 한 줄기 빛으로 객실 내의 구조를 어렴풋이나마 알아볼 수 있었다. 처음에는 칠흑처럼 시커멓기만 했었는데, 이제는 습격자의 형체와 자세를 분간해낼 수 있었다.

"내 서류들이 튜닉(군인 등이 제복의 일부로 입는, 몸에 딱 붙는 재킷) 안에 들어 있네."

홈즈가 필사적으로 말했다.

"그게 내 신분과 임무에 대한 증거가 될 걸세."

잠시 정적이 흐르다가 지휘관이 홈즈의 튜닉에서 서류를 꺼내려는 순간, 목을 조르고 있던 팔뚝이 약간 느슨해졌다. 팔뚝이 아직 목을 단단히 감고 있긴 하지만 그래도 긴장이 풀린 데다가 습격자의 주의가 잠시 다른 곳으로 돌려진 덕분에 홈즈가 필요로 하는 기회가 찾아왔다.

나는 어디에선가 내 친구가 맨손 격투에서 발군의 민첩성과 실력을 보인다고 기록한 적이 있었다. 홈즈는 무게 중심과 균형에 바탕을 둔 일본의 호신술인 바리츠의 달인이었다. 세련된 이 기술을 사용하기 위해 홈즈는 깊게 숨을 들이쉬고 몸을 돌리자마자 털썩 무릎을 꿇고 지휘관을 어깨 너머로 집어 던졌다. 지휘관은 등을 바닥에 부딪치며 납작 널브러졌다.

홈즈는 앞으로 뛰쳐나가 블라인드 하나를 걷었다. 블라인드가 순식간에 말려 올라가자 객실 안은 햇빛으로 가득 찼다.

지휘관이 막 일어서려는 순간, 홈즈의 발이 번개처럼 허공을 가르며 칼을 들고 있던 지휘관의 손을 걷어찼다. 칼이 지휘관의 손에서 벗어나 공중으로 날아올랐고, 홈즈는 칼 손잡이를 낚아챘다. 지휘관은 홈즈가 재빨리 위급한 상황을 역전시키는 솜씨에 멍해져 있다가 손을 내밀어 자신을 일으켜 세우자 더욱더 혼란스러운 표정을 지었다.

"내가 국왕이 아니라는 걸 인정하겠소."

홈즈가 아직도 정신을 차리지 못하고 있는 지휘관에게 다급한 어조로 속삭였다.

"하지만 나는 왕실의 명령을 받고 그분의 대역 노릇을 하는 중이오. 헨차우의 루퍼트 백작이 앞장서서 왕국을 전복하려는 음모가 진행되고 있소. 이 음모를 저지하고 엘프베르크 왕조의 안전을 확보하기 위해서는 내가 대역 역할을 끝까지 수행하는 게 필수적이오."

지휘관의 얼굴에는 얼떨떨해하면서 반신반의하는 표정이 역력했다.

홈즈의 말이 이어졌다.

"지금 이 순간 귀관의 머릿속을 헤집고 돌아다닐 게 분명한 어떠한 질문에도 대답해줄 수는 없소. 나를 믿어달라고 요청할 수밖에 없는 입장이오. 내가 정말 적이었다면 이렇게 자질구레한 설명을 늘어놓기보다는 그냥 귀관을 죽여버렸을 것이오."

지휘관은 홈즈의 말이 사실이라는 걸 분명히 깨닫고 있었다.

"그런데 루퍼트 백작은 어떻게 된 겁니까?"

"그 사람은 내 정체를 모르고 있고, 절대로 알아서는 안 될 상황이오."

홈즈가 진지하게 설득한 끝에 지휘관은 결국 그의 설명을 받아들이기로 한 것 같았다.

"좋습니다. 저는 입을 꾹 다물고 있겠습니다."

"귀관은 그 일을 절대 후회하지 않을 거요."

홈즈가 지휘관의 결정을 격려했다.

"그건 그렇고, 다른 사람들이 기다리고 있는 곳으로 돌아가기 전에 귀관이 어떻게 내가 루돌프 왕이 아니라는 걸 눈치챘는지 말해주시오."

"당신이 루퍼트 백작을 친근하게 대하는 게 맨 먼저 경각심을 불러일으켰죠. 올해 초봄에 멧돼지 사냥을 나섰을 때 잠시 폐하를 모셨는데, 절 가까이 부르셔서 백작이 무섭고 증오스럽다고 털어놓으셨거든요. 그때 하신 말씀으로 미뤄볼 때, 절대로 백작을 가까이 두실 리가 없었습니다. 게다가 젠다의 숲에서 당신과 마주쳤을 때 저를 알아보는 것 같지 않았죠. 마치 이전에 한 번도 만난 적이 없는 사람처럼 대하더군요. 세관의 늙은 관리도 비슷한 인상을 받았다고 내게 말했고요. 그래서 당신이 가짜라고 확신한 겁니다."

홈즈는 씩 웃었다. 적어도 분장 때문에 변장이 들통난 게 아니어서 마음이 놓였다.

"그런 돌발적인 상황은 전혀 예상하지 못했군. 어쨌거나 귀관의 성실성과 충성심은 찬사를 받아야 합니다, 지휘관. 이번 일이 마무리되면 국왕께 귀관이 한 일을 꼭 알려드리겠소."

"그러실 필요는 없습니다. 보답을 바라고 한 건 아니니까요. 전 폐하께서 안전하신 것만으로도 충분히 보상받은 셈입니다."

홈즈는 다 이해한다는 듯 고개를 끄덕였다.

"폐하의 안전이라는 목표를 달성하기 위해서 나는 빌헬름 왕의 객실로 되돌아가 아무 일도 없었던 것처럼 행동해야 합니다. 귀관도 그렇게 행동해주시오."

"분부에 따르겠습니다."

"나는 빌헬름 왕이 역사(驛舍)에서 궁전으로 가는 동안의 경호 문제를 확실히 하기 위해 알현을 요청했다고 말해두겠소."

지휘관은 홈즈가 나갈 수 있도록 객실의 문을 열었다.

"행운을 빕니다."

잠시 후, 홈즈는 국왕 전용 객실로 들어섰다. 카드 테이블에 앉아 있던 보헤미아의 군주는 다소 성이 난 표정으로 홈즈를 올려다봤다.

"당신이 돌아와서 정말 기뻐요, 루돌프. 이제 내게 행운이 되돌아올지도 모르겠소. 지금까진 루퍼트 백작이 온갖 좋은 패를 다 가지고 있는 것 같았다오."

18장

환영식

나는 왕실 전용 열차가 도착하기를 기다리는 동안, 긴장감으로 속이 뒤틀렸다. 그래도 엄청나게 애를 쓴 덕분에 겉으로는 차분한 태도를 보일 수 있었다.

플라비아 왕비와 라센딜은 플랫폼의 가장자리를 따라 깔린 레드 카펫 위에 서서, 근위병들이 역 입구에 쳐놓은 인의 장막 밖에 몰려서서 여전히 환호성을 지르는 국민들에게 가끔 손을 흔들어줬다. 탈렌하임과 나는 잔뜩 경계하는 표정으로 국왕 부처의 2, 3미터 뒤에 서 있었다. 경호상의 이유로 플랫폼에는 우리를 제외한 다른 사람들이 단 한 명도 없었다.

마침내 기적 소리가 우렁차게 울리고 증기를 내뿜는 거대한 괴물이 역으로 부드럽게 굴러들어왔다. 증기가 구름처럼 뿜어져

나오는 가운데, 국왕을 태운 객차가 경이롭게도 레드 카펫에 딱 맞춰 멈춰 섰다. 증기가 흩어지자 탈렌하임과 나는 긴장한 기색이 역력한 눈길을 슬쩍 주고받았다. 우리 둘 다 상대방이 무슨 생각을 하고 있는지 잘 알고 있었기 때문에 말이 필요 없었다.

미리 예정되어 있던 대로 열차가 도착하자 왕비와 라센딜은 약간 뒤로 물러섰는데, 왕비는 두어 걸음 더 물러서서 라센딜의 뒤에 섰다. 잠시 더 기다리자 국왕의 전용객차 문이 열리며 보헤미아 국왕이 모습을 드러냈다. 국왕이 계단을 내려와 레드 카펫 위에 서는 모습을 보고 사람들은 환호성을 지르며 손을 흔들었다. 국왕은 소란스럽기는 하지만 뜨거운 환영에 미소를 지었다. 하지만 그 미소는 순식간에 사라져버리고 충격과 불신의 표정이 그 자리를 대신했다.

보헤미아의 국왕이 라센딜을 본 것이었다.

국왕이 입을 딱 벌린 채 멍하니 라센딜을 쳐다보는 동안, 셜록 홈즈가 열차에서 플랫폼으로 내려와 라센딜과 약간의 간격을 두고 곁에 섰다. 환영객들은 눈을 의심할 수밖에 없는 광경에 미친 듯한 반응을 보였다. 정말 역사에 길이 남을 모습이었다. 전문가의 눈으로 봐도 루리타니아의 군주와 판에 박은 듯한 모습을 한 셜록 홈즈와 루돌프 라센딜이 마주 보고 서 있는 모습은! 나 자신도 두 사람의 진정한 신분을 이미 알고 있지 않았더라면 누가 누구인지 분간하기 어려웠을 것이다.

꽤 오랜 시간 동안 시간이 정지한 듯했다. 처음에는 입을 벌린 채 의문과 경악의 표정을 지었던 관람객들은 이제 눈앞에 정지 화면으로 펼쳐진 비현실적인 광경에 대한 합리적인 설명을 애타게 찾아내려고 열심히 머리를 굴렸다.

상황을 알고 있던 탈렌하임과 나조차도 잠깐 넋을 놓고 그 광경을 멍하니 바라보고 있었다. 루퍼트가 객차의 문 앞에 모습을 드러낸 것이 나를 마법에서 풀려나게 하고 행동하도록 만든 신호가 됐다. 나는 플라비아 왕비를 살며시 지나쳐 홈즈와 라센딜에게로 다가갔다. 그러면서 루퍼트의 얼굴을 바라봤는데, 다른 구경꾼들과 마찬가지로 충격을 받아 정신적인 혼란을 겪고 있는 표정이 역력했다.

나는 홈즈에게 다가가 팔을 앞으로 쭉 뻗고 큰 소리로 비난을 퍼부었다.

"이 자는 가짜다. 반역자란 말이다!"

홈즈는 당혹스런 표정으로 뒤로 물러서며 필사적으로 탈출할 방법을 찾아 두리번거렸다. 하지만 나는 재빨리 몸을 날려 도망치려는 홈즈를 낚아챘다. 몸싸움이 이어졌는데, 홈즈의 눈에서 즐거워하는 기색이 보였다. 나는 주먹을 멋지게 날려 홈즈가 쓰고 있던 군모를 바닥에 떨어뜨리고, 머리에서 가발을 잡아 벗겼다.

사람들 사이에서 믿을 수 없다는 비명이 터져 나왔지만, 여전히 누구도 움직일 생각을 하지 못하는 것 같았다. 이제 이 극적인 상황에서의 역할을 즐기기 시작한 나는 홈즈를 객차의 동체에 밀어붙이면서 헨차우의 루퍼트에게로 관심의 화살을 돌렸다. 나는 고발하는 몸짓으로 다시 한 번 팔을 들어 올렸다.

"저 자는 이 반역자의 공범이다!"

나는 고래고래 소리를 질렀다.

내 고함이 마침내 마법을 깨뜨렸다. 사람들은 분노에 찬 고함을 지르며 앞으로 내달려 근위병들로 이뤄진 장벽을 돌파하려고 했다. 근위병들도 군중과 마찬가지로 급변하는 상황에 얼이 빠져버렸지만, 그래도 명령받았던 대로 자신들의 위치를 굳건히 지키면서 밀고 들어오는 사람들을 막으려고 했다.

빌헬름 왕이 술에 취한 사람처럼 비틀거리며 난장판이 된 곳을 피해 왕비 쪽으로 걸어가자, 나는 리볼버를 총집에서 꺼냈다. 나는 전혀 망설이지 않고 셜록 홈즈를 겨누고 방아쇠를 당겼다. 귀청이 찢어질 듯한 총소리가 들리고, 역사의 높다란 서까래들 사이로 천둥소리처럼 메아리쳤다. 홈즈의 튜닉 가슴패기에서 선홍색 핏자국이 번져나갔다. 그는 두어 걸음 비틀거리다가 얼굴을 아래쪽으로 하고 플랫폼에 쓰러졌다.

루퍼트가 앞으로 펄쩍 튀어나오며 검을 검집에서 빼더니 날 겨냥하고 찔렀다. 나는 검날이 미치지 못할 범위까지 뒤로 물러섰고, 루퍼트가 다시 공격하려고 하자 라센딜이 내 앞을 가로막으며 찔러오는 검 끝을 막아냈다.

"루퍼트, 우린 채 끝내지 못한 일이 남아 있지 않나?"

라센딜은 적을 향해 전진하며 만족스러운 표정을 지었다.

루퍼트는 라센딜을 향해 돌아섰고, 눈에서 곧 불똥이 튈 듯한 모습으로 봐서 지금에서야 새롭게 등장한 적의 정체를 완전히 파악한 것 같았다. 루퍼트는 분노에 찬 고함을 내지르며 검을 앞으로 깊숙이 찔렀다. 라센딜이 침착하게 검 끝을 피하자, 루퍼트는 한 걸음 뒤로 물러섰다가 다시 앞으로 달려들었다. 라센딜은 이번에는 얼른 자세를 바꿔 자신의 검을 쭉 내밀어 반역자의 뺨에 한 줄기 상처를 남겼고, 똑같은 상처를 받지 않으려고 옆으로 재빨리 피했다. 빨간색의 가느다란 핏줄기가 루퍼트의 왼쪽 뺨을 타고 흘러내렸고, 손등으로 선홍색 핏자국을 확인한 루퍼트는 화가 머리끝까지 치솟았다. 루퍼트의 검이 번갯불처럼 허공을 갈랐지만, 라센딜은 살인적인 칼부림을 능숙하게 하나하나 막아냈다.

군중은 이 결투에 넋이 빠져 다시 침묵을 지키고 있었지만, 그들이 루돌프 국왕이라고 믿고 있는 라센딜을 지지하고 있는 게 내 눈에는 분명히 보였다. 이것이야말로 홈즈가 세운 계획의 핵심이었다. '국왕'이 직접 루퍼트 백작과 결투를 벌여 유능한 군주로서의 강인함과 힘을 보여주는 걸 홈즈가 왜 가장 중요하게 여겼는지 그 이유를 알 것 같았다. 국왕이 혼자 힘으로 승리를 거둠으로써 자신의 권위에 대한 모든 도전을 일거에 없애버리자는 것이었다.

라센딜은 루퍼트를 서서히 열차 옆까지 밀어붙였고, 바로 그곳에서 마지막을 장식할 것처럼 보였다. 하지만 라센딜은 레드

카펫의 주름장식이 달린 끝 부분에 발이 걸려 비틀거렸고, 루퍼트는 그 틈을 타서 검이 닿지 않는 부분으로 빠져나갔다. 영국인은 즉시 자세를 가다듬고 루퍼트의 뒤를 쫓았다. 루퍼트가 객차의 문을 잡더니 라센딜의 얼굴을 겨냥하고 문을 활짝 열어젖혔다. 이런 필사적인 전술을 전혀 예상하지 못했던 라센딜은 가까스로 방향을 바꿔 문을 피했다. 문짝은 객차의 옆면에 부딪히면서 뭔가가 깨지는 소리를 냈다. 문짝이 비록 라센딜을 맞추지 못하고 빗나갔지만, 그래도 그의 검의 옆을 건드려서 손에서 벗어나게 하였다. 검은 쨍하는 소리와 함께 플랫폼에 떨어져 손에 닿지 않는 곳으로 미끄러졌다.

라센딜은 얼른 쪼그려 앉아 주인의 손에서 벗어난 검을 집으려고 했지만, 너무 늦고 말았다. 루퍼트가 무장하지 않은 적수를 향해 달려드는 모습을 본 순간, 내 심장은 입에서 튀어나올 뻔했다. 위험을 감지한 라센딜이 옆으로 굴렀지만, 재난을 피할 정도로 빠르지는 않았다. 루퍼트의 검이 라센딜의 팔에 적중해서 튜닉을 지나 근육까지 갈라버렸다. 피가 뿜어져 나오는 거로 봐서 상처가 꽤 깊은 것 같았다.

탈렌하임이 앞으로 달려나가 자신의 검을 라센딜에게 던져줬다.

"폐하, 소관의 검으로 반역자를 끝장내소서."

탈렌하임의 고함은 구경하는 군중의 마음을 기쁘게 했다.

라센딜은 검을 멋지게 받아 들어 신속하게 휘둘렀고, 자만심에 빠진 채 이런 사태에 전혀 대비하지 못한 루퍼트의 어깨를 꿰

뚫었다. 루퍼트는 고통에 찬 비명을 내지르고 황급히 뒤로 물러섰다. 그는 탈출할 방법을 찾아 얼른 주위를 두리번거렸지만, 플랫폼의 양쪽 끝에는 근위병들이 방어막을 치고 있었다. 그러자 습관적인 조소를 입가에 띤 루퍼트는 갑자기 라센딜을 향해 돌아섰다.

"하! 폐하, 소신은 오래된 영국의 격언 하나를 머릿속에 새길 것이오."

루퍼트는 조롱이 가득 찬 목소리로 소리쳤다.

"폐하께서도 분명히 알고 계실 텐데……. '싸우다가 도망친 자는 살아남아 다음날 다시 싸울 수 있다'는 말이오."

그 말이 끝나자마자 루퍼트는 뒤로 돌아서서 플랫폼을 뛰어내리더니 짧은 거리를 달려 열려 있는 객차의 문을 잡고 열차 안으로 모습을 감췄다. 라센딜이 황급히 쫓아가 객차의 문 앞에 도달했을 때, 얼굴이 이상할 정도로 창백하고 시선은 한 곳을 뚫어지게 쏘아보는 루퍼트가 다시 모습을 드러냈다. 비틀거리며 계단을 내려와 라센딜의 품 안에 쓰러진 루퍼트의 튜닉 등 쪽에 거무스레한 얼룩이 번져갔다.

2, 3초 후, 지휘관이 문턱에 나타났다. 그의 손에는 반역자의 피로 번들거리는 검이 들려 있었다.

19장

설명

스트렐사우의 중앙역에서 그날 있었던 일들은 내 기억 속에 영원히 각인되어 있다. 그날을 회상할 때마다 내가 의식하지 않았는데도 생생한 모습으로 새겨져 있음을 발견하게 된다. 진짜 검과 진짜 피가 사용된 악몽 같은 팬터마임을 목격한 셈이지만, 그래도 한 편의 연극을 관람한 것 같다는 생각이 들 정도였다. 만약 그게 팬터마임이라면 내 친구인 셜록 홈즈는 제작 전반에 걸쳐 무대감독 역할을 해냈을 뿐만 아니라, 가장 효과적인 죽음의 장면을 연기한 것을 포함해서 중요한 역할 중 하나를 해낸 셈이었다. 누구의 눈에도 확실하게 보였던 그의 죽음은 계획된 그대로 수행했던 부분이었다. 내가 공포탄을 장전한 리볼버를 발사하자 홈즈는 손으로 자신의 가슴을 때려서 흰색 튜닉 안감

속에 숨겨놓았던, 붉은색 물감이 들어 있는 작은 유리병을 깨뜨렸다. 홈즈는 '치명적인 상처'에서 '피를 줄줄 흘리면서' 목이 콱 잠긴 비명을 지르며 플랫폼에 쓰러졌다. 그건 셰익스피어 배우로 유명한 헨리 어빙 경의 연기에 버금가는 명연기였다. 결국, 그의 '시신'은 궁전으로 운구됐고, 그곳에서 놀랍게도 부활했다.

그러는 동안, 헨차우의 루퍼트의 죽음에 따른 최초의 혼란과 소동이 가라앉자 다소 늦어지긴 했지만, 국빈 방문은 예정대로 진행됐다. 라센딜이 역을 떠나기 전에 내가 의사의 자격으로 그의 상처를 살펴보고 현장에서 급조된 붕대로 상처를 감쌌다. 베인 상처가 깊긴 했지만, 검날이 동맥은 하나도 건드리지 않아 심각한 손상을 입진 않았다.

루퍼트의 반역과 그걸 저지하려는 루돌프의 용맹한 활약에 관한 소식이 수도 전체로 순식간에 퍼져나갔고, '국왕'과 왕비, 그리고 다소 주눅이 든 국빈이 타고 궁전으로 향하는 왕실 마차를 환호하려는 군중들이 몰려나왔다.

스트렐사우에서 극적인 일들이 벌어지고 있는 것과 같은 시각에, 근위대는 탈렌하임의 명령에 따라 젠다 성과 베렌슈타인의 주둔지를 포함한 청색당의 근거지 여러 곳을 전격적으로 습격했다. 어둠이 찾아들 때쯤, 이미 살해됐거나 포로로 잡힌 자들 이외의 청색당 잔여 세력은 국외로 탈출했다. 청색당은 깡그리 박살이 난 셈이었다.

그날 밤, 궁전에서 빌헬름 왕을 환영하는 연회가 벌어졌다. 그런데 연회가 한층 더 즐겁고 활력이 넘쳤던 건 보헤미아 국왕의 참석 때문이 아니라 루돌프의 승리와 반역자의 죽음 덕분이라고 말하는 게 정확할 것이다.

연회가 끝나자 플라비아 왕비와 라센딜과 탈렌하임이 홈즈와 내가 출발 준비를 하는 방으로 찾아왔다. 그들은 우리에게 진정으로 아쉬운 마음을 전했다.

왕비는 홈즈의 손을 꼭 잡고 말했다.

"어떻게 감사의 말씀을 드려야 할지 모르겠어요, 셜록 홈즈 씨. 당신은 기적적으로 우리 왕국을 짓누르고 있던 모든 먹구름을 싹 걷어내주셨어요."

왕비는 상체를 앞으로 내밀어 홈즈의 뺨에 키스했다. 나는 내 친구가 그 순간처럼 어쩔 줄 몰라 아무 말도 하지 못하고 동요하는 모습을 본 적이 없었다. 홈즈를 곤란한 상황에서 건져주려는 듯 우아한 여인은 내 쪽으로 돌아섰다.

"그리고 닥터 왓슨, 당신에게도 감사의 말을 드립니다."

왕비가 손을 내밀자, 나는 얼른 그 손을 잡고 키스했다.

"그동안 즐거웠습니다, 왕비 마마."

홈즈는 루돌프 라센딜을 돌아봤다.

"이제 당신의 운명은 어떻게 되는 건가요?"

"내 운명은 이미 정해져 있었나 봅니다. 운명이 나로 하여금 3년 전에 루리타니아의 국왕 역할을 하도록 이끌더니, 이제는 내게 선택할 자유도 주지 않고 그 역할을 다시 맡길 모양입니다."

"우리는 한 시간 후에 결혼할 예정이에요."

왕비가 나직한 목소리로 끼어들었다.

"충실한 프리츠가 들러리로 설 것이지만, 두 분이 결혼식에 참석해주신다면 영광이겠어요."

"저희에게도 영광입니다."

홈즈는 온화한 음성으로 대꾸했다. 그는 라센딜의 어깨에 한 손을 올려놓았다.

"잽트 대령은 당신이야말로 국왕에 적격이라고 했소. 나는 미신 같은 건 믿지 않는 사람인데, 당신은 이 땅을 지배하기 위해 태어난 것 같군요. 나는 당신이 이 땅을 잘 다스리고, 왕권에 안정을 가져올 거라고 확신하고 있소."

"최선을 다하겠습니다."

"우리가 할 수 있는 것이라고는 여기까지가 다겠지, 왓슨?"

우리는 서로를 쳐다보며 미소를 교환했다.

＊ ＊ ＊

그날 밤늦게, 궁전 내에 있는 아담한 세인트 스태니슬로스 예배당에서 스트렐사우 대주교가 루리타니아의 플라비아 왕비와 루돌프 라센딜의 아주 소박한 결혼식을 주재했다. 그 외에 참석한 사람은 홈즈와 탈렌하임과 내가 전부였다.

희미한 촛불의 불빛 속에서 운명이 서로를 사랑하도록 만들었고 두 사람이 영원히 결합하도록 함으로써 비극을 봉인해버린 이 남자와 이 여자는 반지를 교환했다.

루리타니아는 마침내 자신의 진정한 왕을 찾아낸 것이었다.

결혼식이 끝나자 탈렌하임이 샴페인을 땄고, 우리는 행복한 커플을 위해 건배했다. 이어 루돌프 왕이 손짓하자, 탈렌하임이 벨벳으로 덮은 상자 하나를 앞으로 가지고 나왔다. 국왕은 상자에서 중심에 흰색 다이아몬드가 박히고 사각형의 별처럼 생긴 반짝거리는 금메달이 달린 황금 사슬 두 개를 꺼냈다.

"루리타니아의 국왕으로서 내가 첫 번째로 하는 행사는," 루돌프가 말했다.

"두 분께 우리나라의 최고 훈장인 '루리타니아의 별'을 수여하는 것입니다. 내 아내와 나와 내 왕국은 두 분께 영원히 갚아도 다 채울 수 없는 빚을 지고 있습니다."

국왕은 황금 사슬을 홈즈와 나의 목에 걸어주고, 그가 예전에도 했던 것처럼 대륙식으로 우리의 양쪽 뺨에 키스함으로써 경의를 표했다. 아주 감동적인 순간이었고, 우리 두 사람은 경우에도 맞지 않는 감사의 말을 더듬거리며 쏟아냈다.

* * *

아침이 되자 우리는 마지막으로 작별인사를 나누고 다시 열차에 올라탔다. 이번에는 영국을 향한 서쪽으로의 여행이었다.

"아," 우리의 객실에 자리를 잡고 앉자 홈즈가 편한 자세로 파이프를 뻐끔뻐끔 피우며 말했다.

"엘프베르크 왕조가 지속하는 한, 이번 모험으로 자네 독자들을 즐겁게 해줄 수는 없겠군."

"사정이 그러니 어쩌겠나. 하지만 내 개인적인 기록을 위해 다 적어놓긴 할 걸세. 따라서 자네가 나를 위해 두어 가지의 상세한 부분을 명백하게 밝혀주면 고맙겠네."

홈즈는 폭소를 터뜨렸다.

"이런 친구 봤나. 그처럼 크나큰 사건을 겪고도 그 깔끔하게 정리하는 습관은 버리지 못했나 보군. 좋아, 물어보게나."

"우선, 나를 며칠 동안 헷갈리게 만든 일이 있네. 우리가 영국 대사관에서 마취 당했을 때, 자넨 정신을 잃기 전에 '너무 깨끗한 구두'라는 말을 했었네."

"분명히 그 말을 했었지. 자네도 돌이켜보면 알겠지만, 로저경의 이야기에는 날 혼란시키는 뭔가가 있었네. 모순된 곳을 꼭 집어낼 수 없었는데, 그게 무엇인지를 알아냈을 때는 이미 늦고 말았지. 마취제가 들어간 브랜디를 마시고 말았으니까. 대사는 우리의 도착을 알리는 마이크로프트의 전보를 받고 우리를 마중하려고 역으로 나갔다고 했는데, 티끌 하나 묻어 있지 않고 신었던 흔적이 전혀 없는, 반짝반짝 광이 나는 새 구두를 신고 있더군. 대사는 분명히 그날 아침에 대사관 구역을 떠난 적이 없었어. 그러니 거짓말을 하는 것이었지. 나는 그런 결론에 도달하는 게 너무 늦었던 걸세."

"자네가 느리다면, 나는 아예 기어가고 있었던 셈이군."

"아, 그렇긴 하지만, 자네가 관찰한 걸 추리의 대상물로 변화시키는 데 항상 어려움을 겪는 편이라고 하는 게 더 공정하겠지. 나야 그런 일로 먹고사는 사람 아닌가."

그게 다 그냥 하는 소리라는 걸 잘 알고 있었지만, 항의하기도 뭐 해서 다른 문제로 화제를 옮겼다.

"자넨 우리가 루리타니아에 도착하기도 전에 국왕으로 가장해야 한다는 걸 확신하고 있었나?"

"베이커 가를 떠나기 전부터 알고 있었네! 라센딜이 이전에 대역 노릇을 했다면 다시 할 수도 있을 거라고 추리했지. 이번에는 내가 가짜 왕이 되는 게 다를 뿐이지만. 루퍼트는 자신이 꾸미고 있는 간계가 어떤 결과로 나오든지 라센딜이 대역 노릇을 한 것을 협박 도구로 삼을 수 있을 것 같더라고. 이런 일에 대처하는 유일한 방법은 다시는 그런 수작을 부리지 못하도록 하는 것이라네. 그렇게 하려면 내가 세 번째의 루돌프 5세를 만들어 내야 했어. 그런 이유로 어떠한 대가를 치르더라도 내 여행 가방을 갖고 다니려고 애를 썼던 것이네. 내 계획의 핵심을 이루는 변장 도구가 들어 있었으니까 말일세."

"홈즈, 자넨 정말 놀라운 친구일세. 이 모든 걸 런던에서 출발하기 전에 다 생각해냈다니."

"필요한 상황에 적용할 계획 몇 개를 미리 만들어두지 않고 문제를 해결하려고 하는 건 정말 무모한 일이라고 할 수 있네. 하지만 모든 세세한 부분이 사전에 예측한 대로 정확히 진행되어 가는 것처럼 자네가 믿게 했다면 그건 내 잘못이라고 할 수 있지. 나는 당연히 루돌프 왕을 개인적으로 만날 것이라고 가정했고, 따라서 그 사람을 관찰하면서 가장할 수 있을 거로 생각했다네. 국왕의 때 이른 죽음은 예상치도 못한 문제를 발생시켰지. 하지만 결과가 좋으니 다 잘된 것 아닌가, 왓슨?"

"이제 라센딜이 국왕이 됐으니, 자넨 벌레스던 경에게 동생이 어떻게 됐다고 말해줄 작정인가?"

"라센딜이 형에게 보내는 편지를 가지고 있네."

홈즈는 상의 주머니를 톡톡 두들기며 말했다.

"자신이 행복하게 잘 있으며, 밝힐 수 없는 몇 가지 이유로 영국으로는 절대로 돌아갈 수 없다고 적었을 걸세. 어떻게 보면 좀 슬픈 내용이지만, 동생이 위험을 벗어나고 현재 상황에 만족한다는 걸 벌레스던 경에게 확신시켜줄 것으로 보네. 자, 왓슨, 이제 잠을 좀 자고 싶은데 혹시 더 물어볼 질문사항이 있나?"

"나는 고백해야겠네." 나는 아직도 궁금증이 다 풀리지 않은 다른 문제로 화제를 돌렸다.

"자넨 라센딜이 낚시 오두막에 포로로 잡혀 있을 거라고 추리했는데, 그렇게 말할 때 자신감이 별로 없어 보이더군."

"그게 정말인가?" 홈즈는 깜짝 놀라는 척했다. 미소를 감추려고 애쓰다가 결국에는 폭소를 터뜨리고 말았다.

"이거, 밑천을 다 털어놓아야 하나? 이러다간 내 꾀에 내가 넘어갈 텐데……."

그가 후회스럽다는 듯이 말했다.

"왓슨, 내가 했던 추리는 상당히 조잡하고, 그 대부분이 지능적인 추측이라는 걸 인정해야겠구먼."

나는 입을 딱 벌리고 홈즈를 멍하니 쳐다봤다.

"아, 그래, 나는 절대로 추측하는 법이 없다는 걸 나도 잘 알고 있네. 하지만 이번에는 그렇게 했네. 친애하는 왓슨, 입에 파리가 들어갈 것 같으니 얼른 입을 닫게나."

홈즈의 설명에 뭐라고 할 말이 없었다. 우리가 오랫동안 함께 지냈지만 홈즈가 추측한다는 걸 인정한 건 그때가 유일했다. 그리고 그 추측은 딱 들어맞았다. 이러니 셜록 홈즈는 어림짐작조차도 예술로 승화시킨다고 믿을 수밖에.

* * *

서른여섯 시간 후, 피곤한 모습의 두 명의 여행객은 베이커 가에 도착해서 마차에서 내렸다. 우리의 숙소로 다시 돌아오니 정말 좋았다. 그날 밤늦게, 아니나 다를까 우리는 벽난로 옆에 앉아 술을 한잔하면서 헨차우 사건에 관해 이야기를 나눴다.

"우리가 뒤에 남겨둔 상황은 결코 이상적인 해결책이라고 할 수 없네. 가짜 왕이 엘프베르크 가계를 잇는다는 게…… 하지만 모두가 용납할 수 있는 대안이 있는 것도 아니고, 모든 면을 고려할 때 라센딜도 엘프베르크 가의 한 명이니 그걸로 만족해야겠지."

홈즈가 한마디 했다.

"라센딜은 사랑과 충성심과 지능을 다 소유하고 있으니 자신이 유지해나갈 혈통의 문제점을 손쉽게 복구할 수 있을 걸세."

나도 한마디 했다.

"왓슨, 자넨 여전히 로맨티시스트로구먼." 홈즈는 입가에 미소를 지으며 불길을 뚫어지라 노려봤다.

"하지만 이번 경우에는 자네가 옳을 거라고 믿고 있네, 친구."

셜록 홈즈와
헨차우 사건

초판 1쇄 인쇄 · 2015년 11월 20일
초판 1쇄 발행 · 2015년 11월 27일

지은이 · 데이비드 스튜어트 데이비스
옮긴이 · 하현길
펴낸이 · 이종문(李從聞)
펴낸곳 · 책에이름

편집기획 · 이수미, 정인경, 인우리
디자인 · 이희욱
영업마케팅 · 이진석, 임상국
관리 · 최옥희, 장은미
제작 · 유수경

등록 · 제406-2013-000087호
주소 · 경기도 파주시 광인사길 121(문발동)
영업부 · Tel 031)955-6050 l Fax 031)955-6051
편집부 · Tel 031)955-6070 l Fax 031)955-6071

평생전화번호 · 0502-237-9101~3

홈페이지 · www.ekugil.com (한글인터넷주소 · 국일미디어, 국일출판사)
E-mail · kugil@ekugil.com

＊ 값은 표지 뒷면에 표기되어 있습니다.
＊ 잘못된 책은 구입하신 서점에서 교환해 드립니다.

ISBN 979-11-950973-4-0(03840)